D1180249

DE DIEF EN DE MAGIËR

VERLOREN

VOOR THEO,
DE BEDENKER VAN DE VOGEL

Kijk voor meer informatie over de kinder- en jeugdboeken van de Gottmer Uitgevers Groep op www.gottmer.nl

© 2009 tekst Sarah Prineas

© 2009 illustraties Antonio Javier Caparo

Oorspronkelijke titel: *The Magic Thief: Lost*

Oorspronkelijke uitgever: HarperCollins Children's Books, onderdeel van HarperCollins Publishers, New York

Voor het Nederlandse taalgebied:

© 2009 Uitgeverij J.H. Gottmer / H.J.W. Becht BV, Postbus 317, 2000 AH Haarlem (e-mail: post@gottmer.nl)

Uitgeverij J.H. Gottmer / H.J.W. Becht BV is onderdeel van de Gottmer Uitgevers Groep BV

Vertaling: Sofia Engelsman

Omslag: Rian Visser Grafisch Ontwerp, Haarlem

Binnenwerk: Studio Swanink, Haarlem

Druk en afwerking: Hooiberg | Haasbeek, Meppel

ISBN 978 90 257 4347 5 / NUR 283

DE DIEF EN DE MAGIËR

VERLOREN

BOEK 2

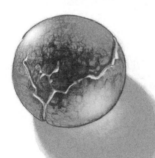

SARAH PRINEAS

MET ILLUSTRATIES VAN
ANTONIO JAVIER CAPARO

GOTTMER ✦ HAARLEM

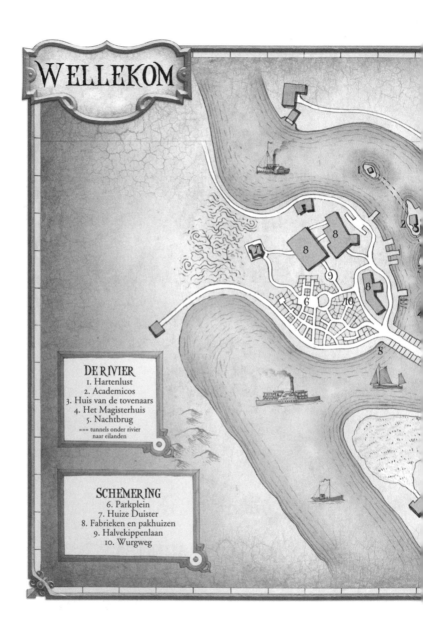

WELLEKOM

DE RIVIER
1. Hartenlust
2. Academicos
3. Huis van de tovenaars
4. Het Magisterhuis
5. Nachtbrug
=== tunnels onder rivier
naar eilanden

SCHEMERING
6. Parkplein
7. Huize Duister
8. Fabrieken en pakhuizen
9. Halvekippenlaan
10. Wurgweg

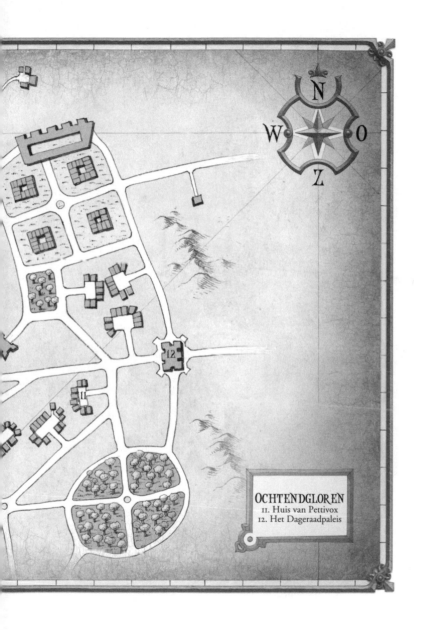

OCHTENDGLOREN
11. Huis van Pettivox
12. Het Dageraadpaleis

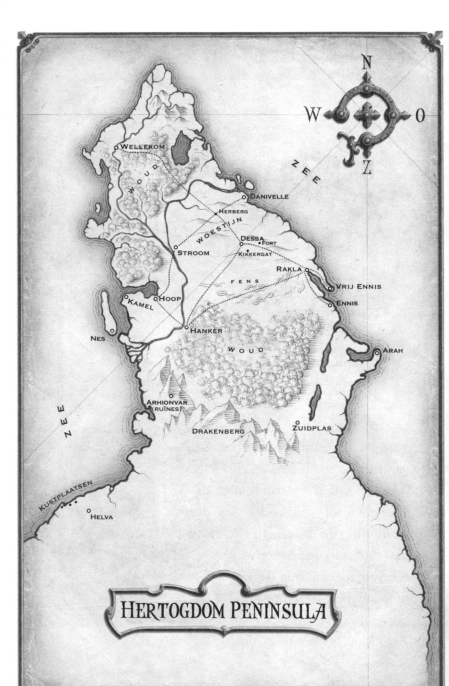

HERTOGDOM PENINSULA

HOOFDSTUK

1

'Een tovenaar is net een vuurwerkmaker,' zei ik.
'Heb je het over magie
en explosies, jongen?' bromde
Nimmeral vanuit de deuropening
van mijn werkkamer. In zijn hand
had hij zijn wandelstok met de
gouden knop, en onder zijn arm
hield hij zijn breedgerande hoed
geklemd. Hij was net terug van
een vergadering met de magisters, en daar werd hij altijd een
beetje knorrig van.
    'Over beheerste explosies,'
zei ik.

'Beheerste explosies? Dat klinkt nogal tegenstrijdig, Rafael.' Fronsend keek hij mijn werkkamer rond.

Bennet had me geholpen om het verschoten behang van de muren te halen en ze te witten, en ik had de vloer geveegd en het vuil en het stof van de hoge raamkozijnen geschrobd en Lady, de witte kat met de gevlekte staart, opdracht gegeven korte metten te maken met de muizen. Een paar boeken uit Nimmerals bibliotheek had ik netjes op de plank gezet. Toen alles klaar was had ik mijn schilderij van de draak, dat ik uit Nimmerals kamer had gejat, aan de muur gehangen. Het schilderij zat helemaal onder het roet omdat het lange tijd boven een open haard had gehangen, waardoor het leek alsof de draak zich verschool achter een donkere wolk. Maar ik zag nog wel het puntje van zijn gouden vleugel, zijn slangachtige staart en één scherp oog, dat rood opgloeide als een hete kool in het vuur.

Ik had zitten lezen in Pratters verhandeling over vuurwerk. Het boek lag voor me op tafel, met daarnaast wat papieren en een vies theekopje.

'Dit lijkt me geen goed plan,' zei Nimmeral. 'Wat wil je dan bereiken met vuurwerk, hm?'

Dat was een heel goede vraag.

Om magie te kunnen bedrijven moest elke tovenaar zijn of haar eigen speciale locus magicalicus vinden. Dat kon een grintsteentje zijn, een stuk kristal, een kiezeltje uit de rivier of een straatkei. Als je hem vond, dan wist je dat, want dan riep hij je. Mijn eigen locus-steen was het mooiste juweel van de stad geweest, het pronkstuk uit de halsketting van de hertogin. Hij was zo groen geweest als een boomblad en had een zacht licht uitgestraald. En dankzij mijn steen had ik met de magie gepraat. Maar hij was vernietigd toen ik de magie had bevrijd uit de capacitor, de machine waarin Kraay die had opgesloten. Daarna had ik bijna de hele zomer alle uithoeken van Wellekom doorzocht, op zoek naar een nieuwe locus-steen. Nimmeral had gezegd dat ik een nieuwe locus-steen zou vinden, maar dat was niet gebeurd. Vervolgens had ik alle spreukenboeken in de academicos bestudeerd, maar nergens stond iets over tovenaars die een tweede locus-steen hadden gevonden. Als hun eerste steen werd vernietigd, stierven zij zelf ook. Maar ik was niet gestorven.

'Luister, Nimmeral,' zei ik, 'de magie heeft tegen me gesproken toen dat apparaat van de Onderheer explodeerde.' Niemand geloofde dat ze echt tegen me had gesproken, behalve Nimmeral. Maar ik had het met mijn eigen oren gehoord. 'Als ik nou een heel klein ontploffinkje veroorzaak met wat vuurwerk, praat ze misschien weer tegen me.' En dan kon ik ook zonder locus-steen een tovenaar zijn.

'Hmpf,' zei Nimmeral. 'Vuurwerk is geen betrouwbare methode, jongen.' Hij liep door de kamer, boog zich over de tafel en tilde het boek dat ik aan het lezen was een stukje op, zodat hij de titel kon zien. 'Pratter,' zei hij, en hij liet het weer zakken. Hij schudde zijn hoofd. 'Nou ja, zolang je er alleen maar over leest, kan het geen kwaad. Kom niet te laat voor het eten,' zei hij, en hij zwiep-stapte mijn werkkamer uit, en de trap af naar beneden.

Was ik ooit te laat geweest voor het eten? Nee.

Ik las verder in het boek. Tourmalifijn en sluipzilver,

werd er gezegd, waren contrafusief; dat betekende dat sluipzilver de magie kon aantrekken en in zich kon opzuigen en dat tourmalifijn het juist afstootte. Als de twee stoffen werden gemengd, explodeerde de boel. Ik sloot het boek en legde het opzij. In een doos onder tafel, waar Nimmeral het niet kon zien, bewaarde ik een glazen flesje met tourmalifijnkristallen. En ik had een klein kistje met een paar druppels sluipzilver erin, dat ik had gepikt uit Nimmerals werkplaats.

Ik haalde het flesje en het kistje tevoorschijn. In het boek van Pratter stond dat heel kleine hoeveelheden tourmalifijn en sluipzilver heel kleine explosies veroorzaakten – eigenlijk niet meer dan een rookwolkje. Het was zo duidelijk als wat dat Nimmeral liever niet had dat ik me aan vuurwerk waagde. Maar een rookwolkje zou hij toch niet opmerken?

Met de rafelige mouw van mijn leerlingenmantel veegde ik de druppels uit mijn theekopje en zette het op tafel; toen schudde ik er een paar tourmalifijnkristallen in, waarbij ik goed oplette dat ik het niet op mijn vingers kreeg. Ik had geen sleutel voor het kistje, dus haalde ik mijn slotenkrakersdraadjes erbij, klik-klakte het slot open en tilde het dekseltje op. Het sluipzilver wervelde rond op de bodem van het kistje. Toen ik het deksel naar achteren klapte, kroop het langs de zijkant omhoog, alsof het wilde ontsnappen. Ik tikte tegen het kistje, en het sluipzilver gleed weer naar de bodem.

Ik doopte het uiteinde van mijn slotenkrakersdraadje in het sluipzilver. Een druppel zo helder als een spiegel bleef eraan hangen toen ik het er weer uithaalde.

Voorzichtig – rustige handen – bracht ik het sluipzilver over naar het theekopje en tikte het van het uiteinde van het draadje af. Als een druppel water in het zand spatte het sluipzilver uiteen in het kleine hoopje tourmalifijnkristallen op de bodem van het kopje. Ik hield mijn adem in en boog me eroverheen om te kijken wat er gebeurde. Het sluipzilver werd opgezogen door het tourmalifijn. Ik telde een, twee, dr...

Met een knal spatte het kopje uiteen. Een werveling van flitsende vonken wierp me achterover en steeg op naar het plafond, tolde toen de kamer door en stuiterde van muur naar muur. Ik krabbelde overeind. Op de tafel was het flesje met tourmalifijn opengebarsten als een ei, en de groene kristallen lagen over het tafelblad uitgespreid. Het kistje met sluipzilver helde over en een zilverglanzend slakje kroop eruit.

'Nee!' schreeuwde ik, en ik graaide naar het sluipzilver. Het wurmde zich tussen mijn vingers door, en ik dook ineen toen de vonkenwolk weer over mijn hoofd raasde, *whoesj.*

Het sluipzilver bereikte het tourmalifijn. Ze vermengden zich.

In een hoekje van het plafond balde een vurige werveling van vonken zich samen die vervolgens door de kamer schoot, de tafel omver blies en tegen mij aan knalde.

Op hetzelfde moment explodeerden de gemengde elementen.

Ik lag plat op de vloer en hield mijn hoofd omlaag. Felwitte flitsen en knetterende vonken vulden de kamer. Net als de stem van de magie. *Damrodelodesseldessa,* begon ze, en de woorden trilden laag en traag door in de botten van mijn armen en benen. *Elarhionvar*, ging het verder, sneller en hoger, en de woorden ratelden rond in mijn hoofd. Toen volgde een gil die pijn deed aan mijn tanden, *arhionvarliardenlies*!

Daarna werd het stil.

Aan de magisters,
Magisterhuis, Wellekom

Aangezien u duidelijk niet bereid bent – of niet in staat – om te begrijpen wat er is gebeurd toen Huize Duister werd vernietigd, zal ik het u nogmaals uitleggen. De explosie in Huize Duister was niet – ik herhaal, niet – het gevolg van een vuurwerkexperiment dat misging. Het had niets met vuurwerk te maken. Onderheer Kraay en de tovenaar Pettivox, die ons allemaal verraden hebben, hadden een apparaat gebouwd – een enorme capacitor die was gecreëerd om met grote hoeveelheden sluipzilver de magie van de stad te lokken en vervolgens gevangen te nemen. Dat u, magisters, geen bewijs hebt kunnen vinden van het bestaan van dit apparaat, is omdat het geheel is vernietigd bij de explosie, die ook Huize Duister in de as heeft gelegd en Pettivox heeft gedood.

Mijn leerling en ik hebben gespeculeerd over de reden waarom Kraay deze poging om de magie te stelen heeft ondernomen. Misschien wilde hij op die manier de stad in zijn macht krijgen; misschien wilde hij onze magie verzwakken met een ander doel voor ogen. We weten wel dat ze erin geslaagd zijn bijna alle magie uit de stad weg te zuigen. Zoals u weet heeft Kraay niets toegegeven en is hij verbannen uit het Hertogdom. Daarom zullen wij nooit weten wat nu precies zijn motieven waren.

Dan nu verder over magische zaken. Mijn beste medemagisters, jullie hebben zeer duidelijk aangegeven dat jullie de theorieën van mijn leerling over de magie van Wellekom niet kunnen accepteren. Toch zal ik ze nu voor u herhalen: De magie is niet een ding dat wij zomaar kunnen gebruiken, maar een levend wezen met gevoel en bewustzijn dat dient als beschermer van Wellekom. De spreuken die wij gebruiken om de magie op te roepen vormen in feite de taal die dit magische wezen spreekt. Onze locus magicalicus-stenen, medemagisters, stellen ons in staat om met het wezen te communiceren. Er moet nog veel onderzoek worden gedaan naar de aard van dit wezen, om te ontdekken waarom het zich hier in de stad bevindt en of andere steden door soortgelijke wezens worden bewoond, en om vast te stellen wat de magie met ons, de inwoners van deze stad, van plan is.

Of u in deze theorie gelooft of niet doet er niet toe. Onthoud echter wel dat dankzij Rafi's optreden de stad en zijn magie vrijwel zeker voor een vreselijke ramp zijn behoed. Het peil van de magie in Wellekom is weer stabiel, hoewel het mij zorgen baart dat we nog steeds niet het oude niveau hebben bereikt. Maar hoewel Rafi zijn locus magicalicus heeft opgeofferd om de stad te redden, beweert u nu dat hij niet langer als mijn leerling kan worden beschouwd omdat hij geen locus magicalicus meer bezit. Die beslissing is echter aan mij, niet aan u. Men zegt wel dat alleen een dwaas nieuwe ideeën in de weg staat; ik vertrouw erop, magisters, dat er zich onder u geen dwazen bevinden.

Hoogachtend,

NIMMERAL FLINGLAS
Magister
Hartenlust, Wellekom

HOOFDSTUK
2

Ik knipperde de sterretjes uit mijn ogen. De vloer van mijn werkkamer was bedekt met versplinterd glas en flarden van bladzijden die uit boeken waren gescheurd. De tafel lag als een dode kever met vier poten in de lucht. In de hoeken wervelden rookpluimen en stof. Een stukje verkoold papier dwarrelde naast me op de vloer. Ik keek ernaar, met toegeknepen ogen. Het was een

stukje van een bladzijde uit Pratters boek, het deel over de contrafusieve effecten.

Het vuurwerk had gedaan wat het moest doen. De magie had weer tegen me gesproken – zonder locus-steen. Maar wat had ze gezegd?

Stap-stap-tik. Ik hoorde dat Nimmeral zich de trap op haastte. Hij gooide de deur open.

'Verdorie, jongen!' schreeuwde hij. 'Waar ben jij mee bezig?'

Ik kuchte, veegde de glassplinters uit mijn haar en krabbelde overeind. 'Gewoon wat vuurwerk,' zei ik. Ik keek omlaag naar mijn leerlingenmantel. Er waren nog wat schroeiplekken bijgekomen.

Nimmeral fronste zijn voorhoofd. 'Een vuurwerkexperiment. Ik dacht dat je verstandiger was.' Zijn borstelige wenkbrauwen doken omlaag. 'En hoe kom je aan dat sluipzilver, hm?'

Ik haalde mijn schouders op.

Nog meer voetstappen, en Bennet, Nimmerals lijfwacht-bediende dook achter Nimmeral op in de deuropening. Zijn gebreide rode vest en hemd zaten onder het meel, en ook op zijn platgeslagen neus zat nog wat: hij was bezig geweest het brooddeeg te kneden.

'Alles goed met hem?' vroeg hij.

'Ja, alles is goed,' antwoordde ik. 'Nimmeral, de magie heeft tegen me gesproken.'

Nimmeral opende zijn mond om nog wat verwensingen naar mijn hoofd te slingeren, maar sloot hem toen weer. 'Heeft ze tegen je gesproken? Dat kwam dus door het vuurwerk. Je had gelijk. Interessant. En, wat zei de magie?'

'Het klonk…' Ik schudde mijn hoofd. Had de magie angstig geklonken? Maar waar was ze dan bang voor? 'Ken je deze spreuk?' Ik herhaalde de woorden die de magie tegen me had gesproken. '*Damrodelodesseldessaelarhionvarliardenlies.*'

'Nee, jongen. Die woorden heb ik nooit eerder gehoord,' zei Nimmeral. 'Hm. Zeg het nog eens.'

Dat deed ik, nu wat langzamer.

Hij trok fronsend aan het puntje van zijn baard, maar de frons was niet tegen mij gericht. 'Er is iets…' mompelde hij.

'Het eten is klaar,' zei Bennet, en hij draaide zich om om de trap af te gaan.

'Goed, jongen,' zei Nimmeral. 'Kom dan maar mee.'

We liepen naar buiten en staken de binnenplaats over die voor Hartenlust lag. Nimmerals stok ging tik-tik-tik over de keien.

Hartenlust glom in het laatste beetje daglicht. Het was een groot landhuis, gebouwd van zandkleurige, met roet bedekte steen. Het grootste deel van het huis ontbrak al een hele tijd, alsof iemand met een enorm rotsblok het middelste gedeelte had weggeslagen. Stukken steen, gebroken pilaren, kluwens klimop en doornige rozenstruiken staken uit de opening, en in het dak zat een gapend gat waardoor je de hemel zag. De beide vleugels stonden nog overeind, en in een daarvan bevond zich mijn werkkamer. Nimmerals deel van het huis was aan de andere kant, samen met de keuken en voorraadkamer, Bennets kamer en mijn zolderkamer.

'Nimmeral,' vroeg ik, 'hoe komt het dat er zo'n groot gat midden in Hartenlust zit?'

Nimmeral wierp me zijn vertrouwde slim-glimmende blik toe. 'Een gewaagde vraag, jongen.'

Ik knikte.

Hij pauzeerde even en leunde op zijn stok. 'Luister, ik heb inderdaad ook zelf met vuurwerk geëxperimenteerd. Maar wees gewaarschuwd. Mijn experimenten zorgden ervoor dat ik voor twintig jaar uit Wellekom werd verbannen. Met dit soort gedoe…' hij wees met zijn stok naar mijn werkkamer, 'kun je jezelf aardig in de nesten werken, als je niet oppast.' Hij draaide zich met een ruk om en zwaai-stapte weg over de binnenplaats.

Ballingschap. Dat wilde ik niet riskeren. Maar mijn locus magicalicus was aan glinsterende gruzelementen geblazen. Daardoor kon ik niet meer met de magie praten, hoewel ik de hele tijd kon voelen dat hij me beschermde, zoals hij altijd had gedaan.

Ik had geen keus; ik moest het wel met vuurwerk doen, in elk geval totdat ik een nieuwe locus-steen had gevonden.

Ik wilde Nimmeral volgen, toen ik vanuit mijn ooghoek een glimp opving van iets zwarts dat fladderde. In de grote boom midden op de binnenplaats had sinds de winter geen zwarte vogel meer gezeten, niet sinds Nimmeral en ik het apparaat van de Onderheer hadden vernietigd en de magie hadden bevrijd. Maar nu was er iets veranderd. Boven in de boom, op de hoogste tak, zat één enkele zwarte schim die op me neerkeek met glimmend-gele ogen.

'Hallo, daar,' riep ik.

De vogel bewoog op zijn tak. *Krrrawk*, pruttelde hij, en hij wendde zijn blik af.

Maar één vogel. Had de magie hem teruggeroepen, zodat hij de boel in de gaten kon houden? Was hij gekomen vanwege de explosie? Zouden de andere vogels ook terugkomen?

Nimmeral stond in de boogvormige deuropening die toegang gaf tot het huis. 'Kom nou, jongen!' riep hij.

'Kijk dan, Nimmeral,' zei ik, wijzend naar de hoogste tak.

Nimmeral stap-tikte terug over de keien van de binnenplaats. 'Wat is dat?' vroeg hij, omhoog turend.

De avond was intussen gevallen en de zwarte vogel was onzichtbaar in het schemerduister. Het deed er ook niet toe.

'Hmpf,' zei Nimmeral. 'Kom nou maar mee.'

Hij liep over de binnenplaats en ging me voor, de smalle trap op naar de keuken waar Bennet de tafel had gedekt voor het eten. Ik rook even, hopend op beschuitjes en bacon. We kregen vis en - ik keek naar de tafel - gestoofde groenten, uitjes en brood. Mmm. Ik deed mijn grijze leerlingenmantel uit, hing hem op zijn haakje naast de deur en ging bij Nimmeral aan tafel zitten.

Bennet zette met een klap een pot op tafel. 'Jam,' zei hij, en hij ging weer terug naar het fornuis waar hij een pan vanaf pakte. Vervolgens schoof hij een stomende vis op onze borden. Nadat hij de pan met veel gekletter terug had gezet, ging ook hij zitten en begon te eten.

'Ga je dat nog een keer doen?' vroeg Bennet. Hij wees met zijn kin in de richting van mijn werkkamer.

Ik knikte en viste een graatje uit mijn vis. Ik voelde dat Nimmeral boos naar me keek. Opeens had ik niet zo'n honger meer.

Nimmeral fronste zijn voorhoofd en nam een grote slok van zijn bier. 'Nee, dat doet hij niet.' Hij wees naar me met zijn vork. 'Als de magisters erachter komen dat jij met vuurwerk experimenteert, dan word je de stad uit gegooid voordat je met je ogen kunt knipperen. Ze hebben op het moment andere zaken aan hun hoofd, belangrijker problemen dan een opstandige tovenaarsleerling.'

Goed, dan moest ik dus gewoon nog wat voorzichtiger zijn. Meer niet.

Ik hield me koest en speelde wat met de groenten op mijn bord. Ik dacht aan het spreukwoord dat de magie tegen me had gezegd: *Damrodelodesseldessaelarhionvarliardenlies.*

Een waarschuwing, misschien? Maar waarvoor dan? Ik moest de taal van de magie leren. Ik moest op zoek naar dat woord in de spreukenboeken die in de bibliotheek van de academicos stonden. Of naar delen van het woord.

Damrodel...

Odesseldessa...

Elarhion...

Varliarden...

Lies.

Ik nam een hap brood met jam en spoelde die weg met een flinke slok water. Lady krulde zich onder tafel om mijn voeten, en ik reikte omlaag en voerde haar wat stukjes vis.

Toen we klaar waren met eten zei Bennet: 'Water,' en dus droeg ik de emmer naar de put op de binnenplaats, liep terug naar de keuken en hielp hem met de afwas. Nimmeral was naar boven gegaan, naar zijn kamer. Ik pakte een appel en beklom de brede trap naar de volgende verdieping. Ik kende Nimmeral. Hij wilde me vast nog wat meer toeschreeuwen over het gevaar van vuurwerk, zeker weten.

Hij zat een brief te schrijven aan zijn bureau. De kamer zag er gezellig uit in de rozige gloed van de weerlichtjes die in houders aan de wanden waren geplaatst. Het plafond was hoog, met krullerig pleisterwerk in de hoeken; de muren waren bedekt met verschoten bloemetjesbehang. Op de vloer lag een vaal, stoffig tapijt en de tafel die midden in de kamer stond was bedekt met boeken en papieren.

'Nimmeral?' zei ik.

'Wacht even,' zei hij, zonder op te kijken.

Ik nam een hap uit de appel en liep naar een van de hoge ramen die uitkeken op Schemering, het deel van de stad waarin ik was opgegroeid. De hemel boven Schemering was paars, bijna zwart. Uit de donkere gebouwen die boven op elkaar stonden gepakt in de kronkelige, steile straatjes schenen maar een paar lichtjes. Achter me draaide Nimmeral het papier om en schreef op de andere kant verder; de metalen punt van zijn pen ging skratsskrats over het papier.

Ik at het lekkerste deel van de appel op, werkte toen ook het klokhuis naar binnen en gooide het steeltje uit het open raam.

Nimmeral legde zijn pen neer en hield het papier omhoog zodat de inkt kon drogen. 'Je bent niet meer naar school geweest, sinds dat gedoe met de Onderheer afgelopen winter.'

Dat klopte. Omdat ik geen locus-steen meer had, mocht ik van de magisters geen lessen voor tovenaarsleerlingen meer volgen op de academicos.

Nimmeral keek me aan van onder zijn woeste wenkbrauwen. 'Je moet iets te doen hebben, jongen. Ik ga Bromby vragen of hij je weer wil toelaten tot de lessen.' Hij vouwde de brief die hij had geschreven dicht, haalde zijn zwarte, glanzende locus magicalicus tevoorschijn en mompelde een spreuk om de brief te verzegelen. 'En nu maar hopen dat ze toestemming geven. Bromby is bang dat je een slechte invloed hebt op de andere leerlingen. 'Hij reikte me de brief aan. 'Ik denk dat je écht een slechte invloed hebt op de andere leerlingen. Heb je je sleutelsteen?'

De steen waarmee je de magische hekken kon openen in de tunnels die tussen de tovenaarseilanden liepen, bedoelde hij. Ik knikte.

'Mooi zo. Breng deze brief naar Bromby. Praat met niemand anders. En wacht daar op antwoord.'

Bromby zat aan de lange tafel in de vergaderzaal van de magisters. Zijn locus magicalicus lag op een schoteltje voor hem om hem bij te lichten, en hij was omringd door allerlei boeken en paperassen. Hij zat te schrijven in een boek.

Ik bleef in de deuropening wachten tot hij me zou opmerken. Ik was wel eens eerder in deze vergaderzaal geweest. Eén keer om de magisters te bespioneren, vermomd als kat; en een keer toen ze me aanvaardden als leerling van Nimmeral en me dertig dagen de tijd gaven om mijn locus-steen te vinden; en een keer nadat we Huize Duister en dat verschrikkelijke apparaat hadden vernietigd dat Kraay en Pettivox hadden gebouwd om de magie gevangen te nemen. Die keer hadden ze gediscussieerd over wat er was gebeurd in Kraays ondergrondse werkplaats, en ze hadden me uitgefoeterd omdat ik mijn locus magicalicus kwijt was geraakt. Wat de magisters niet leken te begrijpen was dat de magie weer werkte zoals het volgens hen hoort, dankzij de vernietiging van dat apparaat. Alleen wel minder krachtig, had Nimmeral gezegd. Hij mat het peil van de magie elke dag met het meetapparaat dat hij zelf gebouwd had, en het niveau bleef laag. Daar maakten we ons zorgen om; we dachten dat het apparaat van Kraay de magie misschien beschadigd had.

Toen had ik de magisters verteld dat de magie een levend wezen was dat de stad beschermde. Alsof ik met vuurwerk had geëxperimenteerd. Neem een zaal vol krakkemikkige knorrige magisters, voeg een nieuw idee toe, en het effect is alsof je sluipzilver en tourmalifijn bij elkaar doet. Ze explodeerden en riepen dat ik een onnozele straatjongen was, die van niets wist.

'Maar ik weet juist van alles,' had ik hun gezegd. 'De magie heeft tegen me gesproken. Ze heeft me altijd beschermd, en ze beschermt deze stad. De magie is niet alleen maar een ding dat je kunt gebruiken, en ze heeft onze hulp nodig.'

Dat idee stond hun ook helemaal niet aan. Ze krijsten en gilden en zeiden dat ik geen tovenaarsleerling meer mocht zijn.

'Doe toch niet zo stom!' had ik geroepen.

Nimmeral had me de vergaderzaal uit gestuurd, en ik had buiten op de gang staan trillen van woede; mijn verloren locus magicalicus had gevoeld als een groot gat in mijn binnenste, terwijl ik had staan luisteren naar Nimmerals geschreeuw en Bromby's zorgelijke stem en de anderen die op scherpe toon discussieerden.

'Wat is er, Rafi?' vroeg Bromby. Hij keek op van zijn boek en legde zijn pen neer.

Ik ging naar binnen en gaf hem de brief van Nimmeral.

Hij toverde hem open en las hem hoofdschuddend.

'O, jee,' mompelde hij. Hij gebaarde naar me met zijn hand, nog steeds lezend. 'Ga maar zitten, terwijl ik een antwoord schrijf.'

Mijn beste Nimmeral,

Toen je Rafi vorig jaar aannam als leerling vond ik dat je een goede daad verrichtte, omdat je een straatjongen redde van een leven in de goot in Schemering. Maar nu weet ik het niet meer zo zeker.

Zijn ideeën over de magie zijn ronduit schokkend. De magie een levend wezen? Spreuken een manier om met dat wezen te communiceren? Nimmeral, je moet ervoor zorgen dat hij zich niet meer zulke rare dingen in zijn hoofd haalt. We hebben al genoeg problemen, nu die vreemde snuiters rondhangen bij het Dageraadpaleis, en met die onverklaarbare aanvallen op de bevolking van Wellekom. Je weet net zo goed als ik dat er iets magisch staat te gebeuren, als mensen zomaar in standbeelden veranderen die zijn bedekt met stof! Ik heb de afgelopen weken allerlei historische verslagen bestudeerd, op zoek naar eerdere gevallen van mensen die op een dergelijke manier waren aangevallen. Maar ik heb niks gevonden. Het baart me grote zorgen.

Maar even over onze Rafi. Ik zie wel dat hij zich rot voelt, omdat hij zo veel ophef heeft veroorzaakt met zijn vreemde ideeën en na al het gedoe met de Onderheer vorig jaar. Hij staat heel rustig en gedwee te wachten bij de deur, terwijl ik je dit schrijf. Ik bood hem een stoel aan, maar hij weigerde te gaan zitten.

Ik vrees dat we hem op dit moment niet kunnen laten terugkomen op de academicos. Zijn ideeën zijn te verontrustend voor de andere leerlingen. Mijn nieuwe leerling, Kieston, slaat bijvoorbeeld allerlei alarmerende wartaal uit over de aard van de magie. We kunnen niet toestaan dat Rafi samen met de anderen les krijgt. En zelfs als we hem weer toelaten, dan nog heeft hij geen locus magicalicus en zal hij dus nooit een tovenaar worden.

Het is wel jammer. Het lijkt me een beste jongen, ondanks zijn vreemde ideeën en alle ellende die hij vorig jaar heeft veroorzaakt.

Vriendelijke groet,
A. Bromby, magister,
hoofd van de academicos van Wellekom

HOOFDSTUK 3

Ik gaf Nimmeral Bromby's brief, en hij toverde hem open.

'Hm,' zei hij, terwijl hij hem las. 'Hij weigert je weer toe te laten op de academicos, Rafi.'

O. Ik zei niets.

Nimmeral keek me scherp aan van onder zijn wenkbrauwen. 'Nou, jongen?'

Nou, dat was dus geen goed nieuws. Ik was geen straatjongen meer, en ik wilde naar school.

'Ik zal je lesgeven,' zei Nimmeral.

Goed dan.

Tot laat in de avond zat ik bij

Nimmeral op de kamer te lezen in zijn spreukenboek, op zoek naar het woord dat de magie had gesproken. Tevergeefs. Misschien kon ik Kieston overhalen om wat boeken uit de bibliotheek van de academicos te halen, zodat ik daarin verder kon zoeken.

Voor mijn eerste vuurwerkexperiment had ik tourmalifijn en sluipzilver gepikt uit Nimmerals kamer. Om nog meer experimenten te kunnen doen had ik meer vuurwerkmateriaal nodig, en dat betekende dat ik iemand moest zien te vinden in Schemering die het me wilde verkopen. En dat betekende dat ik wat geld moest zien te krijgen. Nimmeral zou het me niet geven, zeker weten van niet. Ik vroeg me af of Rowan dat wel zou doen.

Het probleem was alleen dat ik dan naar het Dageraadpaleis moest, waar Rowan woonde. En de paleiswachters, en vooral hun baas, kapitein Kerrn, waren niet zo dol op me. De eerste keer dat ik daar was geweest had ik het juweel uit de halsketting van de hertogin gestolen omdat dat mijn locus-steen was geweest. De hertogin zag me ook niet zo zitten. Als ik daar zonder uitnodiging op de stoep zou verschijnen, zouden ze me waarschijnlijk in de kerker smijten en me volgooien met flister om erachter te komen wat ik daar kwam doen.

Omdat ik een dief was geweest, was ik er goed in om ergens ongezien binnen te komen. Dus klom ik over de muur achter het paleis. Vervolgens sloop ik door de statige tuinen, waarbij ik meer bewakers dan gebruikelijk moest vermijden, naar de terrasdeuren. Die gaven toegang tot de balzaal, waar niemand was. Rowans vertrekken waren twee verdiepingen hoger, aan de oostkant van het gebouw. Via het trappenhuis voor het personeel ging ik omhoog. Ik kraakte een slot en liep door een lege kamer naar een andere gang, waaraan iets verderop Rowans vertrekken lagen. Ze had een studeerkamer, een kleedkamer, een zit-kamer en een slaapkamer, waarin een groot bed en luie stoelen met dikke kussens stonden.

Ze was er niet. Ik pakte een boek uit haar boekenkast, plofte neer in een van de luie stoelen en ging daar zitten wachten.

Ik keek op toen Rowan even later binnenkwam.

'Heb je lang zitten wachten?' vroeg ze. Ze droeg een jurk van zwarte zijde en een leerlingenmantel; ze was op de academicos geweest, waar ze magie studeerde, hoewel ze geen tovenaar was. Ze was de dochter van de hertogin, en daarom had ze kennis over de magie nodig. Haar rode haar hing warrig om haar hoofd en haar vingers zaten vol inktvlekken.

Ik ging overeind zitten en legde het boek weg. 'Hallo, Ro,' zei ik.

Rowan gooide haar boekentas op haar bed en plofte in de stoel naast me neer. Zijdelings keek ze me aan. 'Kom je nog terug op school, Rafael?'

'Nee,' zei ik.

'Dus ze zijn nog steeds boos op je.'

De magisters zouden altijd boos op me blijven. Ik haalde mijn schouders op.

'Hm. Ik heb over een paar minuten zwaardvechtles.' Ze boog zich voorover om haar schoenveters los te maken.

Zeg nou maar waarvoor je komt, bedoelde ze.

'Heb je wat geld voor me?' vroeg ik.

Ze keek op. 'Dat weet ik niet. Waar heb je het voor nodig?'

Ik haalde diep adem. 'Houtskool en terpentijnhars, zwavel en salpeter. En sluipzilver.'

'Explosieve materialen, als ik me niet vergis.' Ze ging rechtop zitten en wierp me haar scherpe blik toe. 'Voor zover ik weet, mijn beste jongen, horen tovenaars zich niet met dat soort zaken bezig te houden.'

Dat was waar. 'Ik heb geen andere keuze, Ro.'

'Je meent het,' zei ze, op droge toon; nu klonk ze net als haar moeder. 'Wat is je keuze dan?'

'Ik moet wat explosies veroorzaken.'

'Aha,' zei Rowan.

'Kleintjes,' zei ik.

Rowan trok een schoen uit en wierp die in de richting van haar kleedkamer. 'Je hebt wel een andere keuze, Rafael.' Ze begon nu aan de andere schoen.

'Nee, niet waar,' zei ik.

'Jawel. Je kunt ervoor kiezen niet te experimenteren met vuurwerk.'

Ik kon de magie niet zomaar in de steek laten, niet nu ze mijn hulp nodig had. 'Ik ben een tovenaar, Ro. Ik heb geen locus-steen, en dus moet ik een andere manier vinden om met de magie te praten.'

Ze trok haar andere schoen uit. 'Met vuurwerk?'

Ik knikte. Ik wist wel dat ze het zou begrijpen, beter dan wie ook. Op Nimmeral na, dan.

Er werd op de deur geklopt. 'Lady Rowan,' zei een diepe stem. 'Bent u daar?'

Rowan sprong op uit haar stoel. 'Een moment, Argent. Ik kleed me nog even om.' Ze wendde zich weer tot mij. 'Ik heb nu les,' fluisterde ze.

Goed, tijd om weg te gaan, dus. 'Mag ik dat geld dan?'

Ze beet op haar duimnagel en nam toen een besluit. 'Hoeveel heb je nodig?'

'Ik weet het niet. Misschien acht zilveren munten,' zei ik, me ervan bewust dat ik geen kleinigheid vroeg.

'Is dat alles?' vroeg Rowan. 'Oké, wacht maar even.'

Ze liep haar kleedkamer in. Ik hoorde geritsel van stof en een la die geopend en weer gesloten werd, en toen kwam Rowan terug, gekleed in een eenvoudige bruine broek, een wit hemd en een lange zwarte jas. Daaronder droeg ze een zwaard aan haar gordel.

Haar vriend bonkte weer op de deur. 'Lady Rowan, komt u nog?'

Ze glimlachte naar me. 'Vandaag niet, Argent,' riep ze. 'Ik zie je morgenmiddag in de schermzaal.'

Wat was ze van plan?

'Ik zal je het geld geven,' zei ze, en ze liet me een zware geldbuidel zien, voordat ze die in haar zak stopte. 'Maar ik ga wel met je mee.'

Bromby heeft gelijk. Ideeën van jongen over magie
zijn schokkend. Maar hoewel jongen dom is in bepaalde
opzichten, is hij dat niet over magie. Waarschijnlijk heeft
hij gelijk dat magie levend wezen is, beschermer van stad,
en dat toverspreuken haar taal zijn. Magie heeft jongen
zeker beschermd toen hij op straat leefde in Schemering.
Jongen was nooit ziek, had geen ongedierte, bevroor niet
in winter; enige verklaring is dat magisch wezen een band
met hem had. Weet niet wat voor band.

Twintig jaar geleden, toen ik zelf experimenten deed
om te zien of vuurwerk de toverkunst versterkte die ik
uitvoerde met mijn locus-steen, werd Hartenlust door de
ontploffing in tweeën gescheurd. Toen begreep ik niet hoe
ik het overleefd had. Nu denk ik dat magie me beschermde
zoals ze jongen beschermde toen apparaat van Onderheer
ontplofte. Schreef toen verhandeling over magische
effecten, geluiden die ik had gehoord bij explosie. Vraag me
af of het magie was die tegen me sprak.

HOOFDSTUK

4

Rowan en ik slopen het Dageraadpaleis uit en liepen naar de Nachtbrug. 'Vuurwerk is illegaal', zei ik. 'We zullen naar Schemering moeten om te kopen wat ik wil hebben.'

Rowans ogen begonnen te glanzen. 'Daar ben ik nog nooit geweest.'

'Echt nog nooit?' vroeg ik.

'Mijn moeder zegt dat het te gevaarlijk is.'

Zo gevaarlijk was het nou ook weer niet. Je moest gewoon weten waar het veilig was en waar je niet heen ging als je een beetje gezond verstand had.

'Heb je gehoord over die vreemde aanvallen in Ochtendgloren?' vroeg Rowan.

Aanvallen? Nee. Ik schudde mijn hoofd.

'De magisters denken dat het iets met de magie te maken heeft. Er zijn mensen gevonden die in steen waren veranderd, bedekt met stof. In hun bed, of voor hun deur. Het is vreselijk. Nimmeral is zeker bezig met een plan om die aanvallen te laten stoppen?'

Toen ik niet antwoordde, haalde ze haar schouders op. 'Je zat natuurlijk weer met je neus in de boeken, dus dat zul je wel niet gemerkt hebben.'

Klopt, ik was druk bezig geweest.

We stapten van de hobbelige straatkeien op de brug. Boven ons was de hemel grauw en de lucht was zwaar van de dreigende regen. De huizen die aan weerskanten van de brug op elkaar geprept stonden maakten de straat donker, als een tunnel. Een wagen vol met kolen hobbelde langs, en Rowan stapte opzij om ruimte te maken.

'Mijn moeder heeft wel gelijk, over dat het gevaarlijk is,' zei Rowan. 'Er zijn 's nachts vreemde figuren gezien die in de schaduwen rond de muren van het paleis sluipen. Misschien hebben die iets te maken met al die moorden, maar de magisters lijken het niet zeker te weten. De bewakers proberen ze te vangen, maar ze weten altijd te ontsnappen.' Ze keek me even aan. 'Kapitein Kerrn maakt zich zorgen – ik krijg zelfs twee bewakers mee als ik naar de academicos ga. Kerrn is ook bang dat mijn moeder gevaar loopt. Ze denkt dat die sluipende types moordenaars zijn.'

Dus daarover liep Nimmeral zich zorgen te maken;

hij had gezegd dat de magisters nu geen afleiding wilden. Mensen die versteend in hun bed lagen, dat klonk naar killeralen. Maar ik had nog nooit gehoord dat killeralen mensen op straat aanvielen, zelfs niet in de gevaarlijkste buurten van Schemering. En die sluipers in de schaduwen. Wie waren dat? Handlangers van de Onderheer misschien? Was Kraay uit zijn ballingschap teruggekeerd in Wellekom? Ik huiverde; hopelijk niet.

We liepen de brug af de Rivierstraat in, de hoofdstraat die naar het Parkplein leidde. Bij de fabrieken langs de rivier wisselden de ploegen elkaar net af, dus was er een hele menigte arbeiders op straat, op weg naar huis of op weg naar hun werk aan de weefgetouwen, in de glasblazerij of in de spinnerij.

Op de markt konden we niemand vinden die ons het materiaal voor vuurwerk kon verkopen. Dus moest ik iemand zoeken aan wie ik het kon vragen; iemand die weer iemand anders kende die misschien weer iets wist over een onbekende die wat buskruit in de aanbieding had.

We verlieten de hoofdstraat en namen een van de steegjes in het deel van Schemering dat de Diepte heette. Het was bijna onbegaanbaar door het vuil en de modder. De huizen stonden dicht op elkaar, en het smerige uithangbord van een taveerne knarste in de herfstwind. Er waren niet veel mensen op straat – die waren er daar nooit – alleen een paar smoezelige kinderen, een oude vrouw die zich in een sjaal had gewikkeld en een man die een kapot bed op zijn rug meetorste. Rowan liep het allemaal met open mond te bekijken. Als ik haar niet bij haar hand had gepakt, was ze zo in een modderig gat in de weg gestapt.

'Wat is er?' vroeg ik.

'Ik wist niet dat het zo erg zou zijn,' zei Rowan. Ze staarde naar een bakstenen huis, zwart van het roet, met gebroken ramen en een afgebrokkelde schoorsteen. Een klein meisje op blote voeten, gekleed in een rafelig rokje, stond in de deuropening. Met haar vinger in haar mond stond ze ons met grote ogen aan te kijken.

Dit was nog niet eens zo erg. Het kleine meisje had waarschijnlijk een vader en moeder die in een fabriek werkten en geld verdienden voor eten. Als ze groot genoeg was, zou ook zij in een fabriek gaan werken.

'Kom op,' zei ik. Dit deel van Schemering was op zich wel veilig, maar we hoefden hier nou ook weer niet te gaan staan wachten tot onze zakken werden gerold. Ik leidde Rowan een smal steegje in, sloeg een hoek om – en op dat moment werd ik gerold. Ik draaide me om en greep – snelle handen – het smerige jochie dat langs mij en Rowan probeerde te glippen. Hij worstelde om vrij te komen en schopte naar me, maar hij was kleiner dan ik en niet erg sterk. Ik pakte hem bij zijn schouders en duwde hem tegen de vervallen stenen muur zodat hij zich niet los kon wurmen. Het was een straatjongen, op blote voeten, gekleed in een kapotte broek en een mannennachthemd dat hij om zijn middel had samengebonden met een stuk touw.

'Wat is er?' vroeg Rowan. Ze had haar hand op het heft van haar zwaard, onder haar mantel.

'Heb je iets buitgemaakt?' vroeg ik de straatjongen.

Hij keek omlaag naar zijn hand. Een stel slotenkrakersdraadjes. Dat was alles wat hij had bemachtigd. Hij keek er onverschillig naar en liet ze toen vallen. Stom. Een heler had hem er nog wel een kopermunt voor gegeven. Nou ja, hij deed vast zo stom omdat hij honger had.

'Als je gaat zakkenrollen,' zei ik, 'moet je wel vlugge vingers hebben.'

De jongen keek naar me op; toen schoot zijn blik naar Rowan, die over mijn schouder meekeek. Hij had waterige blauwe ogen en vooruitstekende tanden. 'Huh?' zei hij.

'Anders word je betrapt met je hand in iemands zak.' En dan zou hij een flink pak rammel krijgen. 'Kijk.' Ik deed een stap naar achteren. 'Je nadert van achteren. Maak je voeten zo licht als een veer, zodat je doelwit je niet hoort aankomen. Dan met vlugge vingers die zak in, de beurs grijpen en snel wegwezen.' Ik draaide me om naar Rowan en haalde haar geldbuidel uit haar zak om het voor te doen.

'Hm, mm,' zei hij. Hij begreep het niet. Maar ooit zou hij het doorkrijgen, of hij zou weer gesnapt worden.

Rowan stak haar hand uit en ik gaf haar haar geld terug. 'Ik zal je laten gaan,' zei ik tegen de straatjongen, 'als je ons helpt iemand te vinden.'

'Geef me dan een paar kopermunten,' zei hij.

'Alsjeblieft,' zei Rowan. Ze haalde haar buidel weer tevoorschijn en gaf hem een paar koperstukken.

'En nu jij,' zei hij tegen mij.

'Ik heb geen koperstukken,' zei ik.

'Geef me er dan maar eentje,' zei hij.

'Ik heb helemaal geen geld,' zei ik.

'Maar jij moet me ook iets geven.'

Ik had niets wat hij zou willen hebben. Behalve mijn jas, misschien. Verdorie. Ik trok hem uit. 'Ik geef je deze jas, als je ons helpt.'

Hij keek ernaar. 'Die moet ik niet.'

'Nee, nu niet,' zei ik, 'maar binnenkort is het winter, en dan wil je hem maar al te graag.'

Wezenloos staarde hij me aan.

Ik zuchtte. 'Als je hem naar een tweedehandswinkel brengt, geeft de vrouw van de winkel je er geld voor, oké?'

Hij knikte.

'Ik zoek iemand die explosieven verkoopt,' zei ik.

'Geef me eerst die jas,' zei de jongen.

Goed dan. Ik gaf hem de jas. Hij trok hem aan; de mouwen hingen over zijn handen.

'Ik weet niet wat explosieven zijn,' zei hij.

Rowan begon te lachen.

'Dingen die ontploffen,' zei ik. Hij bleef me onnozel aanstaren. 'Boem!' schreeuwde ik.

'O.' Hij knikte, peuterde in zijn neus en veegde zijn vinger af aan de voorkant van mijn jas. Zijn jas. 'Knal.'

'Precies, knal,' zei ik, vooroverbuigend om mijn slotenkrakersdraadjes op te pakken; die wilde ik liever niet missen. 'Ken je iemand die knallen maakt?'

Hij knikte weer. 'Ja. Knal.'

Aha. Duidelijk. 'En waar woont Knal?'

'Dat kan ik je wel laten zien,' zei de jongen.

Hij leidde ons terug naar de rivier, voorbij de werven en de pakhuizen en de morsige kroegjes in de schaduwen van de brug. Terwijl we daar liepen begon het te regenen, een miezerige motregen, en mijn vochtige haren hingen in mijn ogen. Vanaf de rivier kwam een kille, vroege herfst-wind. Rowan zette de kraag van haar lange jas omhoog. We liepen een heel eind door, over de modderplaten, voorbij de hutjes waar de slikzoekers woonden. Zo ver was ik nog nooit van het centrum van de stad afgedwaald. De magie was hier zwakker. Meestal voelde ik hoe ze me beschermde, als een warme deken in de winterkou, maar hier voelde de lucht ijl en dun. De meeste mensen zouden hier niet willen wonen, zo'n eind van de magie af. Ik vermoedde dat de vuurwerkmaker het deed omdat de magie anders de stoffen zou doen exploderen die werden gebruikt voor ontploffingen, omdat de magie wel van ont- ploffingen hield.

'Daar,' zei de straatjongen. Hij wees op een schamele hut, een laag, langgerekt gebouwtje zonder ramen met een dak van golfplaat, flapperend teerpapier aan de buiten- wanden en een voortuin vol onkruid waarin een armetie- rig appelboompje stond.

'Dank je,' zei ik. Als ik geld had gehad, had ik het hem gegeven. Hij zag er hongerig uit.

'Ja ja,' zei hij, en hij draaide zich om. Toen draaide hij weer terug. 'Pas op voor de Schimmen.'

Schimmen? Noemde hij die schaduwsluipers zo? Rowan keek me met opgetrokken wenkbrauwen aan.

'Wat bedoel je?' vroeg ik.

Hij haalde zijn schouders op. 'De slechteriken,' zei hij. Toen draaide hij zich met een ruk om en rende ervan- door, over de hobbelige weg naar de drukkere straten van Schemering.

Schimmen. Slechteriken. Kraays voormalige helpers, zeker weten. Zijn handlangers. Dan had die straatjongen dus gelijk. Ik kon maar beter uitkijken voor de slechteriken.

HOOFDSTUK 5

'Dus de sluipers zijn ook in Schemering,' fluisterde Rowan. 'Het zijn waarschijnlijk de oude handlangers van de Onderheer, Ro,' fluisterde ik terug.

We stapten op Knals hut af. Als voordeur diende een gerafelde deken die in de deuropening hing. Ik duwde de deken opzij en tuurde naar binnen.

Binnen was het vol schemerschaduwen. Tegen een muur stond een lange werkbank. Het enige licht was afkomstig van een kaars die in een kom water stond. Zodat de hut niet zou afbranden als de kaars zou omvallen, vermoedde ik. Langs de wand stonden kleine vaten boven op elkaar gestapeld en uitpuilende jutezakken en weegschalen om dingen te wegen.

Op een krukje achter de werkbank zat een jongen die iets ouder leek dan Rowan. Hij was mager, had zwart haar en zat onder het roet, en zijn dunne benen bungelden slapjes omlaag vanaf het krukje. Die deden het niet helemaal goed, gokte ik. Maar zijn tanige armen waren krachtig, en hij was bezig in een vijzel iets tot poeder te stampen. *Bonk bonk bonk*. Hij keek op toen Rowan en ik binnenkwamen, fronste zijn wenkbrauwen en bleef doorbonken terwijl hij ons aanstaarde.

Uit de schaduw naast de deur kwam een oude vrouw tevoorschijn in een loodgrijze wollen jurk die onder de schroeiplekken zat. 'Wat moeten jullie?' vroeg ze, met schorre, hese stem.

'Ben jij Knal?' vroeg ik.

Ik kreeg een tandenloze grijns. 'Zekerrrrs, ik ben Knal.' Ze keek even naar Rowan, die met grote ogen om zich heen stond te kijken. 'Hebben jullie zin in een kopje buskruitthee?'

Goed dan. Ik knikte.

'Lekker op koude dagen, buskruitthee. Ik kom zo terug, het water staat al op. Praat maar wat met Plof.'

Ze schuifelde de kamer uit.

Ik liet Rowan in de deuropening staan en liep naar de jongen die nog steeds zat te stampen. Plof. Met zo'n naam moest hij haast wel Knals kleinzoon zijn.

'Hallo,' zei ik. 'Ik ben Rafi.'

Bonk, bonk, bonk. Hij stopte even en bekeek me van top tot teen. 'Ik weet wel wie jij bent.'

O, ja? Ik haalde mijn schouders op en wees naar Rowan. 'Dat is Rowan. Wat ben je aan het doen?' Ik knikte naar de vijzel.

Bonk.

'Wat denk je…' *Bonk.* '… zelf?' Bonk.

Ik boog me voorover om het beter te kunnen zien. Het leek alsof hij zwart zand tot fijnere deeltjes zwart zand aan het stampen was.

Hij stopte met bonken. 'Colofonium en houtskool. Onderdeel van een explosief. Hoe fijner de korrels' – hij wees op het spul in de vijzel – 'hoe beter het mengt met de salpeter en zwavel, en hoe krachtiger de explosie.'

Ja, daarover had ik gelezen in Pratter. 'Wat voor hoeveelheden gebruik je als je een trage explosie wilt?'

Minachtend trok hij zijn lippen op. 'Alsof ik jou dat ga wijsmaken.'

Beroepsgeheim, vermoedde ik. Als ik mijn eigen buskruit ging maken, moest ik de boeken er maar op naslaan en experimenteren tot ik van elk ingrediënt de juiste hoeveelheid had.

Knal schuifelde de kamer weer in met een dienblad met gebarsten theekopjes en een theepot erop en zette het op tafel. Aan haar hand, zag ik, ontbraken twee vingers. Door het mengen van ingrediënten voor buskruit, vermoedde ik.

'Alsjeblieft, lieverd,' zei ze, terwijl ze een kopje inschonk en aan Plof gaf. Hij nam het aan zonder op te kijken en zette het op tafel.

'En een voor u, lady.' Knal gaf Rowan een dampende kop, en toen mij een.

Ik vroeg me af of er echt buskruit in de thee zat. Ik nam een slokje. Het smaakte als gewone thee, maar dan met peper erdoorheen. 'Bedankt,' zei ik, en ik nam nog een slok. Achter me nipte Rowan van haar thee, en kuchte toen.

'Wat wil je hebben?' vroeg Knal.

'Iets om kleine explosies te maken die ik onder controle kan houden,' zei ik.

'Explosies, zeg je?' Knal hield haar hoofd schuin. 'Wat moet jij met explosies?'

'Ik ben een tovenaar,' zei ik.

'Nee, maar! Uit Schemering, zeker?' vroeg ze.

Plof, merkte ik op, had de stamper neergelegd en bekeek me aandachtig.

Ik knikte. 'Maar mijn locus magicalicus is verloren gegaan.'

'Verloren?' onderbrak Plof.

'Ja. Vernietigd. Ik moet ervoor zorgen dat de magie weer tegen me praat, en dat kan ik alleen doen met vuurwerk.' Nu zouden ze zeggen dat ik getikt was. Maar ik moest het ze wel vertellen, anders zouden ze me de ingrediënten voor buskruit niet geven.

'Hm,' zei Knal. 'Wat vind jij ervan?' vroeg ze Plof.

Plof bekeek me nog eens van top tot teen. 'Schemering kan wel een tovenaar gebruiken,' zei hij. 'Als hij tenminste echt een tovenaar is.'

'Ja, vind je?' vroeg Knal, hem aankijkend.

Plof haalde zijn schouders op, pakte een potlood en

begon te schrijven op een papiertje.

'Vooruit dan maar,' zei Knal. Ze liep naar de andere kant van de schemerige kamer en rommelde daar een tijdje rond. Daarna woog ze iets af op een weegschaal.

Rowan kwam wat dichterbij om in mijn oor te fluisteren: 'Ben jij de tovenaar van Schemering, Rafi?'

'Dat weet ik niet,' zei ik. En ik wist het ook niet. Als ik niet kon uitvogelen hoe ik explosies kon maken, was ik helemaal niemands tovenaar.

Knal kwam terug met twee jutezakken. 'Half kopje salpeter, kwart kopje zwavel, houtskool en colofonium,' zei ze, terwijl ze de zakken voorzichtig op de grond zette. 'En de verhoudingen bedenk je zelf maar.'

Plof vouwde een papiertje op en tikte ermee tegen de rand van de tafel. 'Nee, ik heb de verhoudingen en instructies opgeschreven.' Hij stak me het papiertje toe. 'Voor gewone explosies en voor trage explosies, zoals je wou.'

Ik knipperde met mijn ogen. 'Dank je,' zei ik. Ik nam het papiertje aan en stopte het in mijn zak.

Knal grijnsde breed, pakte haar kopje van tafel en slurpte haar thee naar binnen.

'En sluipzilver?' vroeg ik. 'Heb je dat ook voor me?'

'Aha!' zei Knal. 'Er was veel vraag naar sluipzilver, ongeveer een jaar geleden. We moesten zo veel mogelijk zien te vinden.'

Voor Pettivox en de enorme capacitor die hij samen met Kraay had gemaakt om alle magie van de stad te stelen. Ik knikte.

'Ik moest het helemaal uit Dessa laten komen,' zei Knal.

Dessa? Ik draaide me om naar Rowan. Waar was dat?

Aardrijkskunde had ik nog nooit gehad.

'Dat is een stad die een heel eind naar het oosten ligt,' zei Rowan. 'Voorbij een woestijn. En hij is gebouwd op zand en op een sluipzilvermijn.'

'Zekerrrs,' zei Knal, en ze woelde met haar drievingerige hand door haar grauwgrijze haar. 'Maar ze handelen niet meer in sluipzilver, de mensen uit Dessa. Althans niet met Wellekom. Ik kan niets meer krijgen.'

Plof knikte kort, alsof hij net een beslissing had genomen. 'Ze kunnen zelf op zoek gaan. Naar sluipzilver.'

'Ja, dat zou kunnen. Ik kan daar niet omlaag,' zei Knal tegen mij. 'En Plof kan het al helemaal niet, natuurlijk. Maar jij wel, en je vriendin ook.' Ze zag dat ik het niet begreep. 'Omlaag in dat gat, waar Huize Duister stond. Het huis van de Onderheer. Waar afgelopen winter die explosie was, weet je wel?'

Natuurlijk! Waarom was ik daar zelf niet opgekomen? Pettivox en de Onderheer hadden een enorme hoeveelheid sluipzilver gebruikt voor hun apparaat. En misschien was er, nadat Nimmeral en ik het apparaat hadden vernietigd, wat sluipzilver achtergebleven.

Rowan haalde haar geldbuidel tevoorschijn en betaalde voor het buskruit, en Knal werkte ons naar buiten. Het regende nog steeds, en het rook naar dode vis en modder.

'Aan de slag, jullie,' zei Knal. 'En pas op voor de Schimmen.'

'Doen we,' zei ik.

HOOFDSTUK

6

Twee keer waren we gewaarschuwd voor de slechte-
riken, de Schimmen,
maar toch was ik niet voorzichtig genoeg. Toen we
de Wurgweg uit liepen
stapte er een grote
brede man met een
lelijk, pokdalig gezicht
uit een steegje.

'Kijk uit,' zei ik.
Rowans hand ging
naar haar zwaard.

Ik draaide me om om
terug te rennen, maar een

tweede man, nog lelijker dan de andere, hield ons tegen. Handlangers. Verdorie. Was Kraay teruggekeerd? Had hij die kerels op me afgestuurd? Ik drukte mijn rug tegen de muur terwijl ze op me af kwamen en zette de zakken met buskruitingrediënten op de grond naast me.

Rowan trok haar zwaard. 'Achteruit,' zei ze fel.

'We hebben het niet op jou gemunt, meisje,' zei een van de handlangers. Hij wees met zijn duim naar mij. 'Hem moeten we hebben.'

Rowan ging voor me staan en hief haar zwaard. 'Dan krijg je met mij te maken.'

De handlanger sprak tegen de ander over zijn schouder. 'Haal haar daar weg, Knuist.'

De andere handlanger, Knuist, stapte naar voren, en voordat Rowan naar hem kon uithalen met haar zwaard greep hij haar bij haar kraag en smeet haar tegen de stenen muur, aan de andere kant van de steeg. Ze stuiterde terug en zakte ineen op de grond.

'Ro!' Ik sprong op haar af, maar de handlanger pakte me beet en duwde me tegen de muur. Ik schopte tegen zijn schenen en probeerde me los te wurmen, maar hij knalde me met mijn hoofd tegen de muur tot ik sterretjes zag.

'Hou je gedeisd. We willen je spreken.'

Ik hield mijn adem in. Was dat alles?

'Jij bent de slotenkraker,' zei de handlanger.

Ik knikte, kijkend naar Rowan. Ze zat op de grond, met haar rug tegen de muur, haar ogen dicht. Ze bewoog even en legde haar hand tegen haar hoofd. Haar zwaard lag in de modder aan haar voeten.

'Een vriendje van ons vertelde dat je in de buurt was.'

De straatjongen, bedoelde hij. Dat had ik kunnen weten. Toen ik zelf nog in Schemering woonde, verdienden de meeste kinderen zonder familie hun eten en onderdak door voor de handlangers boodschappen over te brengen en te spioneren. Ik had het zelf nooit gedaan, omdat de Onderheer altijd naar me op jacht was, en omdat hij mijn moeder had vermoord. Maar de straatjongen die ik eerder die dag had ontmoet had zulke bezwaren niet, dat was duidelijk.

'Ik heb een boodschap voor je,' zei de handlanger, en hij kwam nog wat dichterbij.

Ik knikte weer. Zou die boodschap bestaan uit woorden of uit klappen?

'Jij heet toch Rafi?'

'Ja,' zei ik.

'En een raaf is toch een zwarte vogel?'

Ik kon wel raden waar hij op doelde. Ik knikte.

'Een stel van ons, de mannen van Kraay, willen met je praten. Om je te waarschuwen. Je denkt zeker dat jij Kraays erfgenaam bent, nietwaar?'

Ik knipperde met mijn ogen. Kraay was de broer van mijn moeder. Lang geleden, toen ik nog klein was, had Kraay me een tijd in zijn huis gevangen gehouden om me te trainen, zodat ik net zo zou worden als hij. Maar toen had hij mijn moeder vermoord en was ik ontsnapt, en daarna had ik nooit meer contact met hem gehad dan strikt noodzakelijk was. En afgelopen winter was hij uit de stad verbannen. 'Nee, dat denk ik niet,' zei ik. Ik keek langs hem naar Rowan. 'Ro, gaat het wel?'

Haar hoofd lag op haar knieën, maar ze wapperde even zwakjes met haar hand. Alles goed, dus.

'Hé, opletten,' zei de handlanger. 'Wat doe je hier in Schemering?'

Ik haalde mijn schouders op.

'Luister,' zei hij, met samengeknepen ogen. 'We denken dat jij eropuit bent om de nieuwe Onderheer te worden. Dat je de boel aan het opstoken bent.'

'Nee, dat is niet zo,' zei ik.

Ze wachtten af.

'Meer heb je niet te zeggen?' vroeg hij.

Dat was alles. Ik knikte.

Tot mijn verbazing boog de handlanger even en stapte toen opzij. Het leek erop dat ik er deze keer heelhuids vanaf kwam. Met opgetrokken schouders liep ik langs hem heen naar Rowan, en meteen greep hij me weer beet, zijn hand zwaar in mijn nek.

Mijn hart klopte wild. 'Komt hij terug?' vroeg ik. Kraay, bedoelde ik.

De handlanger liet me los. 'Dat gaat jou niets aan.' Hij boog zich voorover om me iets in te fluisteren, zijn adem heet in mijn oor. 'Maar we houden je in de gaten, kleine zwarte vogel.'

Rowan had een blauwe plek op haar gezicht en een bult op haar achterhoofd waar ze de muur had geraakt, maar verder was ze in orde. Ze leek onze ontmoeting met de handlangers zelfs wel spannend te vinden. Snel liepen we de heuvel af, naar de Nachtbrug.

'Dat waren die Schimmen van je,' zei ik. Ik had de

zakken met buskruitingrediënten over mijn schouder gehangen.

Rowan dacht even na en schudde toen haar hoofd. 'Nee, dat denk ik niet, Rafi. De Schimmen komen alleen 's nachts tevoorschijn, zegt kapitein Kerrn.' Met haar vingertoppen voelde ze aan de plek op haar wang. 'Wat moesten die mannen van je?'

Ik haalde mijn schouders op. Oude koeien. Daar hoefde zij zich geen zorgen om te maken.

Nadat ik met Rowan was teruggelopen naar het Dageraadpaleis en had beloofd haar ook de volgende dag mee te nemen als ik naar Huize Duister ging om sluipzilver te zoeken, liep ik terug naar Hartenlust. Ik zwaaide naar de zwarte vogel in de boom, zette de zakken met buskruitspullen in mijn werkkamer en ging toen aan de keukentafel zitten waar Bennet me een kop thee gaf.

'Wat heb je uitgespookt?' vroeg hij. Hij stond aan de tafel en stak zijn armen tot aan zijn ellebogen in een kom vol beschuitdeeg.

'Niets bijzonders,' zei ik.

Bennet snoof. Hij kneedde het deeg. Ik dronk mijn thee.

'Krenten,' zei Bennet.

Ik stond op en pakte een pot met krenten voor hem uit de voorraadkast; hij strooide een handje in het deeg.

Ik ging weer zitten en dronk nog wat thee. Er klopte iets niet aan onze ontmoeting met de handlangers.

De straatjongen had ons gewaarschuwd voor de Schimmen en vervolgens was hij naar de handlangers gegaan om te zeggen waar ze me konden vinden. Zelfs bij iemand die zo dom was als de straatjongen, sloeg dat nergens op. Misschien had Rowan gelijk en waren de Schimmen inderdaad geen handlangers.

'Bennet,' vroeg ik. 'Heb jij gehoord dat er rare dingen gebeuren in Schemering?'

'Zoals wat?'

Ik schudde mijn hoofd. 'Dat weet ik niet precies. Slechteriken en Schimmen?'

Bennet vormde beschuitjes van het deeg, legde ze op een bakplaat en schoof die in de oven. 'Vraag het meester Nimmeral maar.'

Misschien moest ik dat maar doen. Maar eerst moest ik die straatjongen nog een keer spreken.

HOOFDSTUK 7

De volgende middag wachtte Rowan me op bij de Nachtbrug. De plek op haar wang was nu blauwzwart, maar haar ogen straalden. 'Goedemiddag, Rafael,' zei ze, met haar gebruikelijke scheve lachje.

Ik grijnsde naar haar.

'Wat voor avonturen gaan we vandaag beleven, mijn jongen?' vroeg ze.

De lach smolt weg van mijn gezicht. We moesten naar de krater, waar ooit Huize Duister had gestaan.

En we moesten de straatjongen vinden. Als hij een beetje was zoals ik was geweest toen ik nog zakkenroller was, had hij zijn favoriete schuilplekjes.

Ik leidde Rowan naar de plaats waar hij mijn zakken had gerold, in de steegjes achter de Wurgweg. Onderweg bleef ik op de uitkijk naar handlangers. Het was bewolkt en een beetje fris, en ik huiverde en wenste dat ik de zwarte trui had aangetrokken die Bennet voor me had gebreid.

Al snel vonden we de straatjongen. Hij droeg mijn jas en stond tegen de muur geleund, vlak bij het Parkplein.

Toen hij mij en Rowan zag leek hij ervandoor te willen gaan, en ik maakte al aanstalten om hem te achtervolgen. Maar hij bleef staan, zijn handen in zijn zakken.

'Hallo,' zei ik.

'Hallo,' zei Rowan.

Hij staarde ons aan met zijn angstige, waterige blauwe ogen.

'Je krijgt die jas niet terug,' zei hij tegen mij.

'Die wil ik ook niet terug,' zei ik. Dat was niet helemaal waar – ik wist niet zeker of Nimmeral me een nieuwe jas zou geven. Maar ik was ook niet van plan de straatjongen zijn jas weer af te pakken. 'Heb je honger?' vroeg ik, naar de bekende weg vragend.

Hij knikte.

Ik draaide me om naar Rowan. 'Mag ik drie koperstukken?'

Ze knikte, haalde haar buidel tevoorschijn en gaf me de munten.

'Hou hem in de gaten,' zei ik. En terwijl ik goed

oplette of ik de handlangers zag liep ik naar een stalletje op het Parkplein. Daar kocht ik eten met Rowans geld, en ik liep weer terug. Ik gaf de jongen en Rowan allebei een worstenbroodje. Hij nam een enorme hap. Rowan knabbelde een beetje aan haar broodje en stopte het toen in haar zak. Ik leunde naast de straatjongen tegen de muur en nam zelf ook wat happen. 'Ik heet Rafi,' zei ik.

Hij keek me even aan en zei, doorkauwend: 'Weet ik. Raaf, de zwarte vogel. Ik ben Dee.' Hij nam nog een hap.

'Vertel me over de Schimmen,' zei ik.

Dee verslikte zich en kuchte toen een stukje voedsel het verkeerde keelgat in schoot. 'Schimmen?' vroeg hij ademloos.

Ik knikte. 'Je zei dat we moesten oppassen voor de Schimmen,' zei ik. 'En je had het niet over de handlangers.'

'Handlangers?'

O, ja. Ik was vergeten hoe dom deze straatjongen was. 'De mannen die voor de Onderheer werkten, degenen die je gisteren hebt verteld waar ze ons konden vinden. Die bedoel ik dus niet.'

'Ik heb ze niet verteld waar jullie waren,' zei hij snel.

Hij loog. 'Het doet er niet toe,' zei ik. 'De Schimmen?'

Even keek hij me aan, om te kijken of ik hem een pak slaag ging geven, maar dat was ik niet van plan. Toen nam hij nog een hap van zijn broodje en kauwde er luidruchtig op. 'Ze zijn slecht,' zei hij.

Ja, dat was me inmiddels duidelijk. 'Weet je wat ze doen?'

'Ze' – hij wees naar de steeg vol schaduwen – 'ze verstoppen zich op donkere plekken.'

'En ze komen alleen 's nachts tevoorschijn?' vroeg Rowan.

Dee knikte. 'Nooit overdag.'

'Hebben ze mensen aangevallen?'

'Ja,' zei Dee. 'Die mannen die vroeger voor de Onderheer werkten? Die maken zich zorgen om de Schimmen. Als de Schimmen je aanraken, verander je in steen en ga je dood. Ze probeerden laatst een ouwe vent te grazen te nemen die in een steegje lag te slapen. Hij stak op ze in met een mes, en ze bloedden zwarte rook en verdwenen.'

Dat klonk als magie, niet als handlangers.

'Verder nog iets?'

Hij haalde zijn schouders op, stopte de laatste hap in zijn mond en likte zijn vingers af. 'Nee. Verder niks. Overal waar ze gaan, veranderen ze dingen in steen.'

Rowan keek me zijdelings aan, met opgetrokken wenkbrauwen.

Hm. Rowan gaf Dee een paar koperstukken voor zijn informatie, en hij scharrelde er snel vandoor.

'Dus het zijn die sluipers, die Schimmen, die achter die aanvallen zitten,' zei Rowan. 'Kapitein Kerrn wist het niet zeker.'

En ik wist niet zeker of Nimmeral van hun bestaan afwist.

We liepen naar de top van de heuvel waarop ooit Huize Duister, het landhuis van de Onderheer, had gestaan. Ik keek over mijn schouder. Een schaduw schoot weg in een steegje.

Geen Schim. Dee. De handlangers hadden hem achter ons aan gestuurd, zeker weten.

Ik was niet meer bij Huize Duister geweest sinds Nimmeral en ik daar naar binnen waren geglipt om de magie te bevrijden uit die vreselijke machine van Kraay en Pettivox.

'Is het hier?' vroeg Rowan.

Ik knikte. Voor ons doemden de kapotte, roestige hekken van Huize Duister op en de randen van de krater waar eens het huis had gestaan. De grond eromheen was bedekt met brokken steen en stukken verwrongen metaal. Toen ik terugdacht aan het huis dat daar ooit had gestaan liep er een rilling over mijn rug. Het was moeilijk geweest eruit te ontsnappen, maar de magie had het vernietigd, en nu was het voorgoed verdwenen.

Achter ons hoorde ik sluipende stappen, knerp-knerp-knerp op de stukken puin.

Hij was hier niet erg goed in.

'Hallo, Dee,' zei ik, zonder om te kijken.

Rowan draaide zich om. 'O!'

Dee wierp schichtige blikken op Rowan met zijn bange, waterige ogen. 'Wat doen jullie?' vroeg hij.

Dat ging ik hem niet vertellen. Hij zou het meteen doorgeven aan de handlangers. Ik haalde mijn schouders op.

Rowan keek naar me en trok haar wenkbrauwen op.

O, goed dan. 'We zoeken sluipzilver,' zei ik.

Dee knipperde met zijn ogen. 'Wat is sluipzilver?'

'Dat is een contrafusief,' zei ik, 'als het wordt gecombineerd met tourmalifijn.' Het was al laat in de middag en de zon ging onder achter Schemering. De vervallen gebouwen langs de steile straten zagen eruit als rotte tanden die een hap uit de zonsondergang namen. Ik zette een paar stappen naar de rand van de krater en keek omlaag. Muren uit rotsen gehouwen, in de diepte een vloer bedekt met brokken steen en cement en in de gaten en kieren dichte duisternis. De schaduwen leken donkerder dan schaduwen eruit hoorden te zien. Griezelig. Omdat de capacitor hier beneden was gebouwd, zou de magie niet in de buurt van deze krater willen komen, vermoedde ik.

Ik wilde hier ook liever niet zijn, maar ik had sluipzilver nodig.

'Tovenaars gebruiken sluipzilver om te toveren,' zei Rowan tegen Dee. 'Het is moeilijk te vinden, en daarom zoeken we het hier, bij de krater.'

Alleen gingen we het nu niet meer zoeken, het werd al donker. 'We kunnen maar beter gaan,' zei ik tegen Rowan.

'Komen jullie morgen terug?' vroeg Dee.

'Misschien,' zei ik.

'Om sluipzilver te zoeken?'

Ik haalde mijn schouders op. Hij zou meteen naar de handlangers rennen om te zeggen dat ik terug zou komen, zeker weten, en ik had liever niet dat ze me hier zouden opwachten.

Rowan keek naar de ondergaande zon. 'Kapitein Kerrn gaat zich zorgen maken als ik niet snel thuis ben.'

We lieten Dee daar achter en liepen naar de Nachtbrug en de ingang van de tunnels die naar de tovenaarseilanden leidden. We liepen snel, om er nog voor het donker te zijn. Ik bleef maar over mijn schouder kijken, omdat ik het gevoel had dat we gevolgd werden, maar Dee was inmiddels wat voorzichtiger geworden; ik zag hem nergens.

Rowan en ik haastten ons door de tunnels, waarbij ik de hekken opende met mijn sleutelsteen, en toen liet ik haar achter bij het hek van de academicos en rende terug naar Hartenlust.

Ik was al bijna te laat voor het eten!

Terug van vergadering. Bennet zei dat jongen en dochter van
hertogin op pad waren. Werd al donker. Bezorgd. Die verdraaide jongen.
Die duistere sluipers zijn kennelijk 's nachts actief.

Eindelijk kwam jongen keuken binnen, zonder jas, buiten adem van
rennen. Had kunnen weten dat jongen avondeten niet zou overslaan.
Bennet had kippenpastei gemaakt, jus, wortels, uien. Jongen schepte nog
eens op, en nog eens.

– Nou, jongen? Wat heb je vandaag uitgevreten?

Jongen haalde schouders op.

Bennet snoof, gaf me kop thee. – Gisteren vroeg hij naar de
Schimmen, meneer.

De Schimmen? Best een goede naam voor die duistere sluipers.
Dus de jongen was er nu ook achter. Magisters proberen het stil te
houden, zodat stad niet in paniek raakt, maar jongen heel slim. Zei hem
dat hij verslag moest uitbrengen. Wat hij aantrof in Schemering:

nerveuze handlangers van voormalig Onderheer Kraay

angstige mensen

verhalen over Schimmen

'Ze veranderen mensen in steen'

'Ze bloeden zwarte rook'

Niet vergeten: Moet ontdekken of Schemering al nieuwe Onderheer heeft, uitnodigen voor vergadering.

· ᛏᛁᛗᛖ ᛒᛖᚱᚷᛖᛏᛖ: ᛋᚨᛏᚷᛖ ᚣᛗᚷᚷᛖ ᚹᛖᛏ ᚺᛁᛋ ᛗᛟᛗᛖ
ᚱᚲᚲᚨᛋᛋᛖᛏ ᚨᛚᛋ ᚺᛁᛋ ᛏᚨᚨᚱ ᛋᛚᚺᛗᛗᛖᚱᛁᚾᚷ ᚷᚨᚨᛏ:

HOOFDSTUK

8

Aadat ik met Nimmeral had gepraat over wat ik had gedaan, zonder hem echt iets te vertellen, ging ik naar de keuken.

Bennet legde zijn breiwerk opzij en kwam overeind. 'Water,' zei hij. Zodat hij de afwas kon doen.

Ik pakte de emmer en liep de smalle trap naar de voorraadkamer af en toen naar buiten.

Het was al donker. Over de keien van de binnenplaats liep ik naar de put. Achter me doemde Hartenlust op, een slordig silhouet tegen de donkere avondlucht. Om het eiland heen ruiste de rivier rustig voorbij en aan de overkant twinkelden de lichtjes van Ochtendgloren als diamanten op een zwartfluwelen ondergrond. De mensen die in dat deel van de stad woonden waren rijk en konden zich lampen veroorloven. In Schemering was het donker 's nachts.

Vlak vóór me vormde de boom een donkere schaduw. Ik vroeg me af of de zwarte vogel op zijn tak zou zitten slapen met zijn kop onder zijn vleugel.

Bij de put schoof ik het putdeksel opzij en liet de emmer die vastzat aan het touw zakken. Plons, klonk het in de diepte, en ik haalde de emmer weer op en goot het water in mijn eigen emmer.

Toen ik weer overeind kwam, hoorde ik een windvlaag fluisteren over de keien. Een schichtige zwarte schaduw schoot voorbij; ik dook ineen en draaide me om, waarbij het water uit de emmer langs mijn benen klotste, en zag de vogel uit de boom met uitgestrekte klauwen in het gezicht van een geheimzinnig figuur fladderen, een stuk nacht dat duisterder was dan duister.

Het was geen man, maar slechts een manvormige schaduw, een inktzwarte werveling. Waar zijn hoofd zou moeten zitten zag ik een oog gloeien – één fel glanzend oog als een paarszwarte vlam, dat naar me staarde.

Een Schim!

Hij hief zijn schaduwarm en veegde de vogel weg. Nog een fluisterende windvlaag, en een tweede kwam achter de put vandaan schieten, een wezen van nevels en schaduw dat soepeltjes voortgleed, alsof het op geoliede wieltjes stond. Zwarte rook kringelde eromheen. De Schim haalde naar me uit en zijn lange, schaduwachtige vingers raakten mijn arm. Ik sprong opzij. Door zijn aanraking werd mijn arm lam en zwaar, als steen. De rook wolkte over me heen – nee, geen rook maar zwart stof, droger dan dode botten.

De Schim reikte weer naar me en ik draaide me op mijn hak om en zwiepte de emmer in het rond. Die ging dwars door hem heen, waardoor flarden schaduw alle kanten opvlogen. Nu kwam de andere op me af, en ik zwaaide weer met de emmer en liet hem toen los, zodat er een pluim van water door de lucht vloog. Het water versteende toen het de Schim raakte en viel met een doffe klap op de grond. Weer vielen ze me aan, glijdend over de keien, met hun vlammende paarszwarte ogen. Struikelend haastte ik me terug naar het huis en viel over een losse kei.

Achter me ging de deur van de voorraadkamer open.

'Bennet!' schreeuwde ik. 'Schimmen!'

Ik hoorde een klap, en het volgende moment stierde Bennet langs de Schim, greep me in mijn nekvel, rukte me overeind en duwde me naar de verlichte deuropening.

'Haal Nimmeral!' schreeuwde hij terwijl hij zich omdraaide en met een stuk brandhout uithaalde naar een van de Schimmen.

Een derde Schim schoot uit het duister tevoorschijn.

'Snel!' riep Bennet, en weer zwaaide hij met zijn stuk hout.

Ik draaide me met een ruk om en rende naar Hartenlust.

Voorraadkamer, smalle trap, door de keuken, de brede trap naar de tweede verdieping op. Hijgend stormde ik Nimmerals kamer binnen.

Hij zat aan tafel te lezen en keek op toen ik binnenkwam.

'Schimmen!' riep ik. 'Bennet vecht met ze!'

Nimmeral sprong overeind. 'Waar dan, jongen?' vroeg hij, en hij haalde zijn locus magicalicus uit zijn zak.

'Binnenplaats!'

Ik rende om Nimmeral bij te houden die vliegensvlug de trappen af denderde en door de voorraadkamer naar buiten beende. Hij hield zijn locus-steen omhoog, schreeuwde een paar toverspreuken en toen, met bulderende brulstem: 'Lothfalas!'

Een felle flits schoot knetterend uit zijn locus-steen en vulde de duisterste hoekjes van de binnenplaats met licht. Twinkelende helblauwe vonken schoten over de takken van de grote boom en regenden neer op de keien.

Op de binnenplaats stonden drie duistere figuren over Bennet gebogen, die op de grond lag; toen het licht over ze heen spoelde krompen ze ineen en wervelden weg. In een wolk van zwart stof verdwenen ze langs de trap naar de tunnel.

Nimmeral schreeuwde nog een spreuk en een windvlaag sprong uit het niets vandaan en ging achter de Schimmen aan, ze voortjagend door de tunnel.

Ik knipperde de sterretjes uit mijn ogen en liep naar Bennet.

Hij lag er als versteend bij.

'Snel, jongen,' zei Nimmeral, die achter me aan was gekomen. Hij stopte zijn locus-steen in zijn zak, waardoor we plotseling weer in duister gehuld waren. 'Pak zijn voeten.'

Nimmeral sjorde aan Bennets schouders en ik pakte zijn beide zware benen op, en zo sleurden we hem naar de voorraadkamer en naar boven, naar de keuken.

'Haal dekens,' commandeerde Nimmeral. 'En mijn spreukenboek.'

Ik legde Bennets benen neer en rende naar mijn kamer, waar ik twee dekens van mijn bed trok. Toen stopte ik op de overloop om nog twee dekens uit een houten kist te pakken. Ik bracht ze naar beneden, naar Nimmeral, en rende weer omhoog om zijn spreukenboek te pakken. Het boek was dik en werd bij elkaar gehouden met een slot, omdat het uit zijn voegen barstte door alle notitieblaadjes en gedroogde boombladeren en interessante stukjes land- kaart die tussen de bladzijden zaten.

Nimmeral griste het spreukenboek uit mijn handen en toverde het open. 'Eens zien,' mompelde hij. Toen vond hij de bladzijde die hij zocht. Met zijn ogen op de spreuk in het boek gericht legde hij zijn locus-steen tegen Bennets voorhoofd en mompelde wat magische woorden.

Ik wierp een blik op Bennets gezicht. Het zag grauw, en zijn lippen waren een nog donkerder kleur grijs, en hij was zo roerloos als een steen. Hij wás steen. Nimmeral bleef de spreuk herhalen, en ik legde dekens over Bennet heen.

Toen hurkte ik naast Nimmeral. 'Komt het goed met hem?' vroeg ik. Ik wist niet eens of Bennet nog wel adem- haalde. Ik pakte zijn hand. Die voelde stijf en zwaar.

'Ik weet het niet, jongen,' zei Nimmeral zachtjes. 'Ik heb een spreuk gebruikt waarmee je steen tot leven wekt. Die is bedoeld om standbeelden te laten dansen, als vermaak. Ik weet niet of het ook voor dit doel werkt.' Hij legde zijn hand op Bennets voorhoofd.

Bennet lag urenlang stokstijf stil. Ik haalde hout uit de voorraadkamer en we stookten het vuur flink op. Nimmeral zat in een stoel en ik hurkte vlak naast Bennet en hield zijn stenen hand vast.

'Ze waren niet menselijk,' zei Nimmeral, en hij keek op uit zijn boek.

De Schimmen, bedoelde hij. Nee, die waren niet menselijk geweest.

'Magische wezens,' zei Nimmeral.

Ik knikte.

Toen zwegen we weer en wachtten af.

Eindelijk klonk het schrapend geluid van steen op steen. Bennet haalde diep, beverig adem. Zijn ogen knarsten open, en sloten zich weer. Hij begon te trillen en te schudden terwijl de steenmagie haar werking verloor, en zijn tanden klapperden en kletterden.

'Thee,' zei Nimmeral.

In de ketel zat nog een beetje water, dus ik deed nog wat stukken hout in het fornuis om het water aan de kook te brengen en pakte toen de theepot en de thee. Toen de thee klaar was schonk ik een kopje in en bracht dat naar Nimmeral.

'Houd het omhoog,' zei Nimmeral, en hij tilde Bennets hoofd op.

Ik zette het kopje aan Bennets grijze lippen zodat hij

een slokje kon nemen, en nog een slokje. Hij bleef trillen en opende zijn ogen niet.

'Ik moet even iets controleren,' zei Nimmeral. 'Houd hem goed in de gaten, jongen.'

Ik knikte, dat zou ik doen.

Nimmeral zwiep-stapte de kamer uit en zijn locus magicalicus schoot vuur toen hij de lothfalas-spreuk gebruikte.

Bennet bleef huiveren en ik bleef zijn hand vasthouden, die nog steeds zo zwaar als steen was.

Na lange tijd sloeg de deur van de voorraadkamer dicht en kwam Nimmeral weer boven. Eerst liep hij naar de haard om naar Bennet te kijken, en toen ging hij aan tafel zitten. 'Thee, jongen,' zei hij.

Ik legde Bennets hand neer en liep naar het fornuis, schonk thee in een kopje, zette het op een schoteltje en bracht het naar Nimmeral.

'Zijn ze weg?' vroeg ik.

'Ja,' antwoordde Nimmeral. Hij nam een grote slok thee. 'Doe er wat honing in.' Hij stak het kopje naar me uit.

Ik deed honing in de thee en gaf hem weer aan Nimmeral.

Hij proefde en knikte. 'Ik zou willen weten waarom de Schimmen hier zijn opgedoken en hoe ze door het hek van Hartenlust zijn gekomen.'

Ik schudde mijn hoofd. Toen hield ik mijn hoofd stil, en dacht erover na. Dat griezelige gevoel dat ik had gehad bij de krater van Huize Duister. Misschien was dat niet geweest vanwege het apparaat en Pettivox en de Onderheer.

Misschien was het geweest omdat de Schimmen zich daar schuilhielden en ons hadden gadegeslagen.

Dat betekende dat ze Hartenlust misschien hadden gevonden door Rowan en mij te volgen vanuit Schemering. En het betekende dat de Schimmen die Nimmeral had verjaagd nu misschien weer op weg waren naar de krater.

En als ze zich schuilhielden in de krater, dan waren ze misschien gestuit op… Dee.

HOOFDSTUK 9

'Ik wil weten of alles goed is met hem,' zei ik. Dee was dom genoeg om ook in het donker bij de krater van Huize Duister te blijven, zeker weten.

'Met wie?' vroeg Nimmeral.

'Dee. De straatjongen. We hebben hem achtergelaten bij de krater waar Huize Duister vroeger stond. Ik denk dat de Schimmen zich daar schuilhouden.'

Nimmeral fronste zijn borstelige wenkbrauwen. 'En wat deed jij bij Huize Duister?'

O, jee. Dit zou hij niet leuk vinden. 'Nou, Nimmeral, ik was op zoek naar sluipzilver.'

'Verdorie, jongen!'

schreeuwde Nimmeral. Hij keek even naar Bennet en dempte zijn stem. 'Je werd geacht geen vuurwerkexperimenten meer te doen.'

'Maar hoe moet het nou met Dee?' vroeg ik.

Nimmeral knikte. 'Ik snap dat je die straatjongen wilt beschermen, maar als de Schimmen zich verschanst hebben in de ruïnes van Huize Duister is het daar veel te gevaarlijk.'

'Ik kan wel op mezelf passen, Nimmeral,' zei ik.

'O, vast. Maar die Schimmen zijn magische figuren en je bent niet in staat om ze op afstand te houden. Ik moet de andere magisters waarschuwen; wij zullen dit wel afhandelen. En ik kan niet met je mee. Bennet kan nu niet alleen gelaten worden.'

'En als ik nou in vermomming ga?' vroeg ik. 'Je kunt de embero-spreuk toepassen. Als kat ben ik veilig genoeg. Ik kan gaan kijken of alles goed is met Dee en dan weer terugkomen.'

Nimmeral zette zijn theekopje neer. 'Nee.'

'Dan ga ik gewoon zoals ik ben,' zei ik, en ik liep naar de deur.

Nimmeral stond op en ramde met zijn vuist op tafel; het kopje sprong op van het schoteltje. 'Ik zei nee, jongen! Desnoods sluit ik je in je kamer op.'

Ik keek hem aan. 'Als je dat doet, Nimmeral, kraak ik het slot om weg te kunnen.' Ik liep weer naar de deur.

'Stop!' brulde Nimmeral. Woest keek hij me aan.

Ik keek hem ook woest aan.

Toen ging hij zitten, alsof hij opeens heel moe was.

'Verdorie,' mopperde hij hoofdschuddend. 'Goed dan. Ik zal de embero toepassen.'

Nimmeral pakte zijn spreukenboek en opende het op de bladzijde waarop de embero-spreuk stond geschreven in keurige, kleine letters. Eventjes bestudeerde hij de spreuk, zodat hij hem soepel zou kunnen uitspreken, terwijl ik voor hem stond, schuifelend van ongeduld.

De embero-spreuk was erg handig als je stiekem wilde rondsluipen. Nimmeral had hem eerder op me toegepast, om me in een kat te veranderen zodat ik kon spioneren bij de magisters, en ik had hem zelf gebruikt om het huis van de Onderheer binnen te glippen.

Door de embero veranderde je in je wezenlijke wezen, en bij mij was dat een kat. Het mooiste was dat ik als kat een krul in mijn staart had.

'Goed,' zei Nimmeral ten slotte en hij sloot het spreukenboek. 'Blijf staan, jongen.' Hij hield zijn locus magicalicus tegen mijn voorhoofd en sprak de embero uit.

De magie vlamde uit zijn locus-steen, flitste door me heen en toverde sterretjes voor mijn ogen. De kamer draaide om me heen, ik stortte neer op de vloer en alles werd donker.

En toen werd het net zo plotseling weer licht.

Ik sprong overeind. Terwijl ik bewusteloos was geweest, was Bennet bijgekomen. Hij zat op een stoel ineengedoken te rillen en staarde naar me.

Ook Nimmeral staarde naar me, terwijl hij aan het puntje van zijn baard trok. 'Merkwaardig,' zei hij.

'H-h-hebt u de sp-sp-spreuk veranderd, meester?' vroeg Bennet met klapperende tanden.

'Nee,' zei Nimmeral. 'Het had precies hetzelfde moeten gaan als eerst.'

Ik probeerde met mijn staart te zwaaien – het voelde vreemd – en sprong toen op Nimmerals voet af.

En ik ging op mijn bek: geen krulstaart om me in balans te houden. En ook geen vier poten.

O, nee.

'Je kunt maar beter even kijken, jongen,' zei Nimmeral, en hij kwam overeind om een spiegel te pakken. Hij zette hem op de vloer, zodat ik erin kon kijken.

Verdorie.

Een zwarte vogel, geen kat. Zo hoorde de embero-spreuk niet te werken. Ik hield mijn kop schuin om het beter te kunnen zien, eerst met een oog en toen met het andere. De embero had me in een raaf veranderd, een rafelige raaf, met zwarte veren, een rommelig zwart kraagje en helderblauwe ogen. Ik tilde een vleugel op en de veren spreidden zich uit.

Hm. Vleugels waren misschien wel net zo goed als een kattenstaart.

Nimmeral haalde de spiegel weg. Ik keek naar Bennets schouder, hoog boven me. Misschien kon ik daar wel heen vliegen. Hop-hop-sprong, en ik fladderde met mijn arm-vleugels op en neer en tuimelde, hals over kop, snavel over staartveer, weer op de vloer.

Nimmeral schoot in de lach. Ik hopte weer op mijn pootjes en schudde mijn veren op hun plek.

Nog eens.

Ik sprong omhoog, en deze keer schepte ik lucht met mijn vleugels en haalde ik Bennets knie, die met een deken was bedekt. Toen schepte ik nog meer lucht en fladderde naar zijn schouder. Ik had moeite met mijn evenwicht en klemde me stevig vast, fladderend met mijn vleugels en wapperend met mijn staartveer.

'Voorzichtig met die kl-kl-klauwen,' zei Bennet.

Door mijn vogelpootjes heen kon ik hem voelen trillen.

Ik ontspande mijn greep, ging zitten en vouwde mijn veren weg.

'Goed, jongen,' zei Nimmeral. 'Je gaat dus?'

Ik deed mijn kop omlaag. Ja.

'Ga die vriend van je maar zoeken en kom dan meteen weer naar huis.' Nimmeral boog zich voorover en stak zijn arm uit en ik hupte erop, me vasthoudend aan de zwarte stof van zijn mouw. 'Ik breng je wel even naar buiten.'

Hij droeg me naar beneden, door de voorraadkamer en stapte, nadat hij zijn locus-steen had ontstoken, de duistere nacht in. Eenmaal midden op de binnenplaats aangekomen zei hij: 'Klaar?' en voor ik mijn vleugels kon spreiden zwaaide hij met zijn arm en wierp me in de lucht.

Mijn vogelbotjes waren zo licht dat ik van hem weg tolde, en toen ving ik de lucht met mijn vleugels en flapper-fladderde de hemel in, steeds hoger, tot ik bij de boom kwam. Takken en bladeren zwiepten tegen me aan; ik dook omlaag en landde fladder-flapperend op een dikke tak, waarbij ik mijn staart gebruikte om mijn evenwicht te bewaren.

'Alles goed, jongen?' riep Nimmeral omhoog.

Ja, riep ik terug. Het klonk als 'Auwk'.

Nimmeral leek klein, daar beneden; hij schudde zijn hoofd, draaide zich om en zwiep-stapte over de binnenplaats terug naar Hartenlust. Het locuslicht verdween met hem. Ik klemde me vast aan de tak met mijn klauwpootjes en keek om me heen. Met mijn ravenogen kon ik tot diep in de schaduwen kijken. Twee takken verderop zat de andere zwarte vogel, die door de magie werd gebruikt om me in de gaten te houden. Althans, dat vermoedde ik. Ik zag zijn gele oog glinsteren in het duister.

Krrrrawk, zei hij.

Ik was niet van plan om daar met hem te gaan zitten kletsen.

Ik wipte van tak naar tak tot ik in de top van de boom zat, een plek waar ik mezelf kon lanceren. Ik probeerde niet te veel na te denken over wat ik deed, wierp mezelf van de tak en tuimelde omlaag. Toen ving ik de wind met mijn vleugels en flap-fladderde tot ik horizontaal hing. Ik richtte mijn snavel naar de donkere, steile straten van Schemering.

Mijn vleugels waren moe toen ik bij de krater aankwam, een diepe schaduwplek op de heuvel.

In een slordige cirkel zweefde ik naar de rand van de krater, waar ik op de grond stuiterde in een werveling van veren – ik was nog niet zo goed in landen – en hupte toen op een stuk steen. Ik hield mijn hoofd schuin en luisterde.

De nacht was volmaakt stil. Achter me verlichtten grauwe strepen de nachthemel: de dageraad kwam eraan. Ik verschoof even, en een kiezel rolde weg en kletterde echoënd de krater in.

Ik leunde naar voren, spreidde mijn vleugels, sprong en voelde hoe de wind me optilde.

Langzaam cirkelde ik omlaag naar de bodem van de krater, diep het duister in. Ten slotte stortte ik neer op een baksteen, bij wijze van landing.

Stilte. Geen spoor van de Schimmen. De rotswanden van de krater torenden boven me uit, overal om me heen. Heel ver boven me werd de hemel grijs. Ik hupte op de gebarsten steenvloer van wat ooit de werkplaats van de Onderheer was geweest, waar hij en de tovenaar Pettivox het apparaat hadden gebouwd om de magie te vangen. Ik hupte nog wat verder en stopte toen om weer te luisteren. Niets.

Het ochtendlicht reikte niet zo diep de krater in; de kieren en gaten waren nog steeds in duistere schaduwen gehuld, maar met mijn ravenogen kon ik erin kijken, en ik zag dat ze leeg waren.

Maar de Schimmen waren daar wel geweest.

Eerst dacht ik dat het een baal vodden was. Toen herkende ik mijn jas.

Mijn vogelhart sloeg over. Ik sprong-fladderde naderbij.

Dee.

Hij lag opgekruld alsof hij sliep, met mijn jas als een deken over zijn schouders, maar hij lag te stil. Zijn huid was grauw. Boven me kleurde de hemel zachtroze. Een lichtstraal van de opgaande zon kroop langs de kraterwand omlaag. Ik hupte op Dees blote voet. Hij bewoog niet. Ik hupte op zijn gezicht en tikte met mijn snavel tegen zijn harde huid. Zijn lippen waren grijs en koud.

Het ochtendlicht kroop nu over de grond en hoog boven me piepte de warme zon over het randje van de krater.

Maar Dee bleef koud. Hij was dood.

HOOFDSTUK 10

T egen de tijd dat ik weer thuis was bij Hartenlust deden mijn vleugels pijn van vermoeidheid. Nimmeral stond op de binnenplaats naar de lucht te kijken. Toen ik fladderend omlaag cirkelde hief hij zijn arm, als landingsplaats. Ik klapwiekte, landde, verloor mijn evenwicht, en tuimelde – flats – op de keien.

'Kom maar, jongen.' Nimmeral hurkte naast me neer en streek mijn veren glad. Vervolgens hield hij zijn enorme hand, met daarin zijn locus magicalicus, voor mijn vogelkopje. Zijn stem mompelde de omgekeerde embero. De magie knalde bij me naar binnen, en ik verloor het bewustzijn.

Toen ik mijn ogen opende stond Nimmeral naast me en scheen de zon. 'Kom mee naar binnen,' zei hij.

Ik volgde hem naar binnen en sjokte de trap op naar de keuken. Bennet zat in zijn dekens gewikkeld nog steeds te trillen.

'Alles goed?' vroeg ik hem.

'Prima,' zei hij, en hij pakte met stijve handen zijn breiwerk op.

Nimmeral gaf me een kop thee; ik ging op de vloer zitten voor de haard.

'En, jongen?' vroeg Nimmeral, terwijl hij aan tafel ging zitten.

Ik zette mijn theekopje op de vloer. 'Dee is dood.'

'De Schimmen?'

Ik kon geen woord uitbrengen. Ik knikte.

We zaten daar zonder te praten. Bennets breinaalden gingen van klik-klik-klik-tik. Mijn thee werd koud.

Nimmeral kwam met een zucht overeind. 'Rust maar uit, jongen, dan gebruik ik mijn waarzeggersbol om een vergadering te organiseren. Daarna gaan we naar het Magisterhuis.'

Ik liep de trappen op naar de derde verdieping en beklom de ladder naar mijn zolderkamer. De zon scheen naar binnen door de drie kleine raampjes die uitkeken op de binnenplaats en, verder naar het westen, op Schemering.

Mijn bed was niet meer dan een kale matras; mijn dekens lagen nog in de keuken. Ik ging liggen en probeerde te slapen. Telkens als ik mijn ogen dichtdeed zag ik de werveling van zwart stof of de paarszwarte gloed van het ene oog van de Schim.

De dag ervoor hadden Rowan en ik het over Dee gehad, toen we terugliepen vanuit Schemering. Ze was begonnen over Plof.

'Arme Plof,' had ze hem genoemd.

'Hoe bedoel je?' had ik gezegd.

Rowan had haar hoofd geschud. 'Hij woont daar in die vervallen schuur en hij kan zijn benen niet gebruiken.'

'Hij heeft het best goed,' had ik gezegd. Nee, Plof had het meer dan best goed. Hij was slim, hij had Knal en hij had kennis van zaken.

'En arme Dee,' had Rowan gezegd. 'Eerst begreep ik nooit zo goed wat het betekende om een straatjongen te zijn.'

Dee heeft het inderdaad wel zwaar, had ik gedacht. Maar hij werkte voor de handlangers en dat betekende dat die voor hem zouden zorgen. En op een dag, als hij tenminste groot genoeg werd en gemeen genoeg, zou hij zelf een handlanger worden.

Alleen zou dat nu dus niet meer gebeuren.

'Hij had die jas aan,' had Rowan gezegd. 'Die jij hem hebt gegeven. Daardoor besefte ik – jij was net als Dee, nietwaar?'

'Ik was heel anders dan Dee,' had ik haar gezegd.

Ik lag in mijn bed, en de vermoeidheid bedekte me als een kriebelige deken. Ik keek naar het schuine dak, het gebarsten grauwwitte pleisterwerk, de spinnenwebben in de hoekjes. Het rook naar de as in de haard; van buiten hoorde ik de gedempte geluiden van Bennet die op de binnenplaats hout aan het hakken was en het ruis-ruis-ruis van de rivier.

Toen ik nog in Schemering woonde was ik net als Dee geweest. Het enige wat me bezighield was waar ik wat te eten kon vinden en een beschut hoekje om te slapen, of hoe ik kon voorkomen dat ik een pak op mijn donder kreeg van de handlangers. Als de magie me niet zou hebben beschermd, zou ik net zo zijn geëindigd als Dee – doodgevroren op een stoep, misschien. Te stom om een tovenaar te bestelen en zo zelf een tovenaar te worden.

Nu was Dee dood en – ik moest het onder ogen zien – dat was gedeeltelijk zijn eigen stomme schuld, maar het was ook mijn schuld.

Tik-tik-tik.

Ik opende mijn ogen. De zon scheen nog steeds stralend de kamer in; ik had niet erg lang geslapen.

Tik! Tik! Knipperend met mijn ogen ging ik rechtop zitten. *TIK! TIK!* Nimmeral, die met de knop van zijn stok tegen het zolderluik tikte.

'Ben je wakker, jongen?' riep hij.

Ik liep naar het luik en deed het open. Onder aan de ladder stond Nimmeral knorrig omhoog te kijken.

'Ja, ik ben wakker,' zei ik.

'Nou, kom dan mee,' zei Nimmeral. 'De vergadering begint zo.'

'Ik kom eraan,' zei ik, en ik liep naar de kist aan het voeteneind van mijn bed om de zwarte trui te pakken die Bennet voor me had gebreid, en trok hem over mijn hoofd. Toen ik de ladder af klauterde was Nimmeral al verdwenen, en dus rende ik de trappen af, achter hem aan. Terwijl ik me door de keuken haastte, stopte Bennet me een beschuitje toe.

'Dank je!' riep ik, en ik vloog achter Nimmeral aan.

Hij was al halverwege de zonovergoten binnenplaats, op weg naar de tunnel.

Hij wierp me zijn slim-glimmende blik toe, terwijl hij verder beende. 'Alles goed, jongen?'

Nee, niet echt. Ik stopte het beschuitje in mijn zak. We kwamen bij de trap en liepen naar beneden.

'Even over die vergadering,' zei Nimmeral.

Ik knikte.

'Zeg niets, tenzij je iets gevraagd wordt. Stel zelf geen vragen. Kom niet weer met je ideeën over de magie. Maak geen problemen.' Nimmeral mompelde nog iets anders in zijn baard, maar dat kon ik niet verstaan.

Nimmeral maakte zich terecht zorgen om de vergadering. Kapitein Kerrn was er, met een woeste blik in haar ogen. Ook de hertogin en de magisters waren er. Die begonnen meteen te roepen dat ik er niet bij mocht zijn, toen ze mij achter Nimmeral aan zagen binnenkomen.

Nimmeral negeerde ze en opende de vergadering. Toen hij me dat opdroeg ging ik aan het hoofd van de tafel staan en vertelde hun over Dee, dat de Schimmen hem in steen hadden veranderd.

Ze geloofden me niet.

Trammel zei: 'Die Dee was een straatjongen. Misschien is hij wel gewoon aan de koorts gestorven.'

Ik zei dat ik wist hoe steen eruitzag en ik ging met hen in discussie tot ze tegen me aan het schreeuwen waren, en toen greep Nimmeral in. Hij vertelde hun dat de Schimmen mij hadden aangevallen, en vervolgens Bennet, op de binnenplaats van Hartenlust, en dat hij ze had verslagen met de lothfalas-spreuk.

'Dus je hebt die... die Schimmen ook echt gezien?' vroeg Bromby met bevende stem. 'En het zijn geen gewone mensen?'

'Ja, ik heb ze gezien,' zei Nimmeral. 'Ik veronderstel dat de Schimmen magie hebben gebruikt om door het hek van Hartenlust te komen. Ik weet zeker dat zij zelf magisch zijn, en absoluut niet menselijk.'

'Maar wat zijn het dan in vredesnaam voor wezens?' vroeg Bromby.

'Dat weet ik niet,' zei Nimmeral, en hij schudde zijn hoofd. 'Het lijkt alsof ze zijn gemaakt van rook en schaduw. En van zoiets heb ik nooit eerder gehoord.'

'Hebben we te maken met een vijand van buiten de stad?' vroeg Trammel.

'Dat moet wel!' zei Bromby. 'Niemand hier in Wellekom zou zulke vreselijke wezens op ons af sturen.'

'Wellekom wordt dus aangevallen,' zei Spits, de magister met het vleermuizengezicht. 'Wat moeten we nu?'

'O, jee,' zei Bromby. 'We zullen de situatie natuurlijk nader moeten bestuderen, voordat we iets doen.'

De hertogin stond op van haar stoel, aan het andere einde van de tafel. Ze droeg een donkergroene jurk met een hoge kraag, en haar grijsrode haren zaten in een vlecht rond haar hoofd gespeld. Toen ze haar strenge blik langs alle magisters liet gaan, vielen ze stil. 'Als Wellekom wordt aangevallen, moeten we ons verdedigen. Magister Nimmeral, uw gebruik van de lichtspreuk om ze te verjagen lijkt te bevestigen wat die onfortuinlijke straatjongen aan Rafi heeft verteld, en wat kapitein Kerrn al vermoedde: de Schimmen vrezen het licht en komen dus alleen in het donker tevoorschijn. Daarom moeten we een avondklok instellen.'

Kerrn knikte. 'Mijn bewakers zullen ervoor zorgen dat de mensen zich craan houden. We halen iedereen in Ochtendgloren van straat voor het donker wordt.'

Ik haalde diep adem. Nimmeral had gezegd dat ik geen problemen mocht maken. 'En Schemering dan?' vroeg ik.

Ze staarden me allemaal aan. Ze waren vergeten dat ik daar nog stond, aan het uiteinde van de tafel.

'Moet er in Schemering niet ook een avondklok worden ingesteld?' zei ik. 'Dee was nu misschien niet dood als hem was verteld dat hij binnen moest blijven. En de mensen in Schemering werken in ploegendiensten in de fabrieken, ook 's nachts. Zij lopen ook gevaar.'

De hertogin knikte, maar ze keek me wel fronsend aan.

'Dat is waar,' zei Kerrn. 'We zouden de Onderheer ook moeten betrekken bij de avondklok, maar er heeft zich nog geen Onderheer aangediend om Kraays plaats in te nemen.'

'Doe wat je kunt met de bewakers die je hebt,' zei de hertogin. 'Nu moeten we onze aandacht richten op andere oplossingen. Ik wil het graag met u hebben over diplomatieke missies naar onze buurlanden, om te vernemen of zij dezelfde problemen hebben.'

Nimmeral, die halverwege de lange tafel zat, ving mijn blik en knikte in de richting van de deur. Tijd om te vertrekken.

Kerrn volgde me de gang op; twee van haar bewakers stonden daar ook, wachtend op de hertogin. Zodra de deur van de vergaderzaal achter haar sloot greep Kerrn me bij mijn trui vast, sleepte me de gang door en duwde me tegen een muur. Haar bewakers gingen achter haar staan, met over elkaar geslagen armen en boze blikken.

'De veiligheid van lady Rowan is mijn verantwoorde-lijkheid,' gromde ze me toe. Haar lange blonde vlecht hing als een stuk touw over haar schouder en haar ijzig blauwe ogen glinsterden. 'Je hebt haar zonder bewaking meege-nomen naar Schemering, dief.' Met haar vreemde accent klonk het alsof ze zei 'naar Sjemerrrrng'.

'Het was anders veilig genoeg,' zei ik. En ik had Rowan niet meegenomen, ze was zelf gegaan.

'Veilig?' Ze verstevigde haar greep. 'Zei je veilig? Ze heeft haar bewakers achtergelaten. Ze was bij die straatjon-gen vlak voor hij werd vermoord door de Schimmen. Ze kwam thuis met een blauwe plek op haar gezicht. Het was níét veilig. De hertogin is het met me eens. Ze vroeg me je een boodschap over te brengen. Blijf uit de buurt van lady Rowan – niet met haar praten, geen brieven schrijven.' Ze leunde nog wat dichter naar me toe en dempte haar stem. 'En ik heb nog een boodschap voor je, dief. Van mezelf. Blijf uit de buurt van het Dageraadpaleis. Als mijn bewa-kers je daar zien, sluiten ze je op in een van mijn cellen en dan kan zelfs meester Nimmeral je daar niet meer uit krijgen.'

Verderop in de gang ging de deur van de vergaderzaal open en pratend kwamen de anderen naar buiten. Toen: stap-stap-tik, stap-stap-tik. Nimmeral die door de gang kwam aanlopen, tikkend op de vloer met zijn wandelstok.

'Heb je me begrepen?' vroeg Kerrn. Ik knikte.

'Mooi.' Ze knalde me nog een keer tegen de muur, liet me toen los, rechtte haar rug en marcheerde naar de vergaderzaal om de hertogin op te vangen, gevolgd door haar bewakers.

Nimmeral kwam naar me toe, leunde op zijn stok en keek me onderzoekend aan. 'Nou, jongen?'

Ik haalde mijn schouders op.

'Je maakte zeker een praatje over het weer met kapitein Kerrn?'

'Nimmeral, als ik ooit verdwijn, kom me dan zoeken in de cellen van kapitein Kerrn,' zei ik. Voor het geval dat.

'Hmpf. Kom mee.'

Samen liepen we door de vochtige tunnel onder de rivier. Het licht van Nimmerals locus magicalicus flakkerde over de druipende wanden. Hij sprak een openingsspreuk en we gingen door het hek, op weg naar Hartenlust. 'Dat was goed van je, Rafi,' zei hij. 'Dat je ons herinnerde aan onze verantwoordelijkheid voor Schemering.'

Misschien. Maar ze eraan herinneren was niet genoeg. 'Nimmeral,' zei ik. 'Ik moet iets doen.'

'Goed,' zei Nimmeral. 'Zorg dat je voor het donker thuis bent, jongen.'

Dat zou ik proberen.

Eenmaal in Schemering liep ik meteen door naar het marktplein. In Ochtendgloren, het andere deel van de stad, waar de straten breed waren en goedverlicht en iedereen genoeg te eten had, zorgden de bewakers ervoor dat de mensen veilig binnen zouden blijven. Hier in Schemering waren de hoeken al vol schaduwen en de gebroken ramen zonder gordijnen staarden naar me terwijl ik door de steile straatjes liep.

Het Parkplein was vrijwel verlaten, er stonden nog maar een paar marktkramen. Ik herinnerde me het beschuitje dat Bennet me had gegeven voor de vergadering, en ik haalde het uit mijn zak en nam een hap, leunend tegen een muur, de bakstenen nog warm van de middagzon.

Aan de andere kant van het plein zag ik een kind in oude vodden iets zeggen tegen een man. Die keek in de richting waarin het joch wees en zag mij staan. Hij knikte en liep een zijstraatje in. Ik at de laatste hap van mijn beschuitje op en keek hoe de zon achter de huizen wegzakte; de hemel kleurde oranje, en toen donkerrood.

Ik duwde mezelf net van de muur af, klaar om naar huis te gaan, toen de twee handlangers die me eerder hadden belaagd het plein op liepen, mij zagen en naar me toe kwamen. Eigenlijk wilde ik wegrennen, maar ik maande mijn voeten tot kalmte en bleef staan.

'Wil je met ons praten, zwarte vogel?' vroeg de lelijkste.

Ik knikte. 'Hoe heet je?' vroeg ik.

De handlanger kneep zijn ogen tot spleetjes. Hij wachtte even en knikte toen naar zijn vriend, die een jutezak vasthield. 'Hij heet Knuist.' Hij toonde me zijn vuist. 'En ik heet Vuist.'

Vuist, juist ja. Mooie naam. 'Weten jullie van Dee?' vroeg ik.

Vuist knikte. 'Ja, we weten het.'

'Hij is gedood door de Schimmen,' zei ik.

'Dacht ik al,' zei Vuist; achter hem knikte Knuist.

'Jullie weten dat de Schimmen alleen in het donker tevoorschijn komen. In Ochtendgloren wordt een avondklok ingesteld. Als het donker is mag niemand meer naar buiten, voor de veiligheid.'

'En nu kom jij ons vertellen dat Schemering ook een avondklok nodig heeft?' vroeg Vuist.

Ik knikte.

'Zie jij hier iemand, vogeltje?' vroeg de handlanger.

Nu hij het zei, de straten waren inderdaad verlaten; alle marktlui waren al naar huis gegaan. De handlangers hadden zelf al een avondklok ingesteld. En de zon ging net onder; ik moest terug naar Hartenlust.

'Mooi zo,' zei ik snel. Ik stapte achteruit, bij Vuist vandaan.

'Wacht,' zei hij, en hij versperde me de weg.

Verdorie. Nu zouden ze me een pak op mijn donder geven omdat ik terug was gekomen naar Schemering, ondanks hun waarschuwing.

Vuist knikte naar Knuist. 'Geef het hem maar.'

Wat het ook was, ik wilde het niet.

'Rustig maar,' zei Vuist. 'We hebben dit bij hem gevonden.'

Knuist haalde iets uit de zak.

Bij Dee gevonden, bedoelde hij. Mijn jas. Bruin, met zwarte knopen, lapjes op de ellebogen, rafels langs de zoom. Knuist stak hem naar me uit, en ik pakte hem.

Ik trok hem aan. Dee had de mouwen opgerold; ik rolde ze omlaag zodat de jas me weer paste en stopte mijn handen in de zakken.

De zakken zaten vol stof.

Interessante aanwijzing over Schimmen. Jongen vond zwart stof in zakken van jas die straatjongen aanhad toen hij werd gedood door Schimmen. Heb stof geanalyseerd. Heel fijn, licht, bijna olieachtig. Komt niet uit Wellekom. Van buiten.

Moet expert in geografie zoeken om te raadplegen, ontdekken waar stof vandaan komt. Heb vergadering met magisters bijeengeroepen, zal stof meenemen, kijken wat zij ervan vinden.

HOOFDSTUK

11

Terwijl Nimmeral weer naar een vergadering was, ging ik boven in zijn kamer nog wat spreuken-boeken bestuderen om het woord te vinden dat de magie tegen me had gesproken. Misschien was het iets over de Schimmen, dus ik moest er zo snel mogelijk achter komen wat het betekende.

Ik haalde een stoffig dik boek van de plank en hoorde papier ritselen. Ik ging op mijn tenen staan om te kijken op de plek waar het boek had gestaan. Er lag daar iets, achter de andere boeken. Ik reikte met mijn hand en haalde het tevoorschijn. Twee rollen stoffig papier, eentje met een touwtje samengebonden, de ander met een verschoten rood lint. De rol met het touwtje was een landkaart waarop dingen als drakennesten waren aangegeven in oude, krullerige letters. Ik legde hem opzij om er later naar te kijken. Toen maakte ik het rode lint om het andere papier los en rolde het uit. Een verhandeling. Nimmeral had het geschreven; ik herkende de keurige, kleine letters.

Een Onderzoek naar de Verbetering van Magische Effecten middels de Toepassing van Vuurwerk

Aha. Dat kon wel eens interessant zijn.

Ik wilde niet dat Nimmeral binnen zou komen als ik het aan het lezen was, dus nam ik de papieren mee naar mijn werkkamer. Mijn zakken met ingrediënten voor buskruit stonden naast de deur. De vloer was nog steeds bezaaid met glassplinters en papiersnippers van mijn vuurwerkexperiment. En er hing nog een rooklucht. Ik knerpte over de splinters naar het raam, deed het open en zette daarna de tafel weer op zijn vier poten. Toen trok ik de stoel erbij, ging zitten en begon te lezen.

Na een tijdje kwam de zwarte vogel van de boom op de binnenplaats aanvliegen en ging in het raamkozijn zitten. Nimmerals verhandeling ging over het gebruik van vuurwerk om magie te bedrijven, in combinatie met een locus magicalicus. Hij had geëxperimenteerd met de lothfalasspreuk en had ontdekt dat het licht feller ging schijnen als hij een kleine explosie veroorzaakte terwijl hij de spreuk zei en zijn locus magicalicus vasthield. Pagina's lang was hij aan het berekenen hoeveel feller; daar zag ik het nut niet zo van in. Aan het einde had hij wat notities gemaakt over wat hij noemde 'vreemde vuurwerkeffecten', zoals het feit dat hij onverklaarbare geluiden had gehoord tijdens de explosies. De magie die terugpraatte, zeker weten. Maar dat had hij niet beseft.

Ik legde de papieren weg en keek naar de zakken met buskruitingrediënten bij de deur. Door de aanval van de Schimmen op Dee en de magistervergadering had ik niet eens tijd gehad om Plofs buskruitrecept te proberen.

Ik pakte mijn leerlingenmantel van het haakje naast de deur en trok hem aan. Toen zette ik een kopje salpeter aan de ene kant van mijn werktafel, een kopje met zwavel aan de andere kant en een kopje met houtskool op een boekenplank. Ik wilde voorkomen dat de magie de kopjes zou omstoten en dat de stoffen zich zouden vermengen.

De vogel hupte vanuit het raamkozijn op de tafel en ging toen boven op het kopje met zwavel zitten.

'Voorzichtig,' zei ik.

Hij hield zijn hoofd schuin en keek me aan met zijn gele oog. *Krrrrawk,* murmelde hij.

Ik pakte het papier dat Plof me had meegegeven.

Zijn handschrift was netjes en recht.

Bskrt gebr.aanw.
Gebruik ingrediënten van hoge kwaliteit.
Waarschuwing: Houd ingrediënten ALTIJD apart,
anders zullen ze spontaan mengen en exploderen.
Houd houtskool droog.

Zwavelemulsie:
Meng op schoteltje 2 eetl. droge fijngemaakte houtskool, 1
eetl. zwavel.
Houd schoteltje 20 tellen boven kaarsvlam, roer door
met glazen staafje, voeg snufje colofonium toe, 30 tellen
boven vlam, roeren met staafje. Laten afkoelen. Resultaat:
emulsie helder zwart. Als troebel, overdoen, zorg voor schoon
schoteltje en droge houtskool.

Voor langzame explosie:
Roer emulsie. Voeg 1 kopje salpeter toe. Verhouding 15:3:2,
aanpassen voor andere explosiesnelheid.
Succes.

᛫ ᛋᛖ ᛒᛖᛁᛏ ᛏᛟᛚᚻ ᛗᛗᛏ ᛏᛟᛒᛗᛁᚠᚠᚱ᛫᛬ ᛤᛈᛟᚠ᛬

Ik ging aan de slag. De houtskool was kurkdroog, en steeds als ik wat afwoog bleef het aan mijn vingers en aan de lepel plakken. De zwavel rook afschuwelijk en de salpeter rook nog viezer, als een beerput in een steegje van Schemering. Toen ik de houtskool en de zwavel bij elkaar deed, wilden ze niet goed mengen.

Ik maakte de lepel schoon en begon opnieuw. Na een tijdje klonken er voetstappen op de trap naar mijn werkkamer. Niet Bennet of Nimmeral. Met fladderende vleugels vloog de zwarte vogel op en klapwiekte weg. Terug naar zijn boom, vermoedde ik.

'Hallo, Rafi,' zei Rowan vanuit de deuropening.

Ik keek niet op. Ik mocht niet met haar praten.

'Ik mag niet met je praten,' zei Rowan. 'Maar ik wilde weten waar je mee bezig bent.' Ze pauzeerde. 'Rafi, het spijt me zo, van Dee.'

Ik knikte en slikte een brok verdriet weg.

Rowan kwam de kamer in. 'Waar ben je mee bezig?'

Ik wees naar het schoteltje. De emulsie die ik had gemaakt was troebel; ik moest opnieuw beginnen.

'Wat is dat?'

Ik gaf haar Plofs recept. Terwijl ze het las, zette ik de troebele emulsie opzij en gebruikte een lap om een ander schoteltje schoon te maken.

'Aha,' zei Rowan, en ze legde het papier op tafel. 'Ben je weer met vuurwerk bezig? Wat hoop je eigenlijk te bereiken, behalve je vingers eraf blazen?'

Ik haalde mijn schouders op. Ik wist het niet precies. Al voor mijn vuurwerkexperiment, waarschijnlijk al sinds de Schimmen naar Wellekom waren gekomen, had de magie anders aangevoeld – alsof hij bang was, en dat maakte mij ook onrustig. Ik moest erachter zien te komen waarvoor de magie bang was. De Schimmen, zeker weten, maar als zij magische wezens waren had iemand anders ze gemaakt, en daar was de magie van Wellekom ook bang voor.

Ik wist hoe ik erachter kon komen wat er aan de hand was. Als de magie tegen me praatte tijdens een explosie, kon ik misschien terugpraten. Ik kon magische woorden zeggen en dan zou de magie weten dat ik probeerde te helpen, ook al kon ze me niet verstaan.

Rowan was even stil. 'Je gaat niets tegen me zeggen, hè?'

Ik schudde mijn hoofd.

'Hm. Mijn moeder was erg boos. Ik probeerde uit te leggen dat het mijn idee was geweest om naar Schemering te gaan, maar ze verwijt jou dat je me meegenomen hebt. Ze begint te denken dat de magisters gelijk hebben over jou, en kapitein Kerrn probeert haar ervan te overtuigen dat je gearresteerd moet worden.' Ze wees op het schoteltje met zwavelemulsie. 'Pas goed op, Rafi. Je moet ophouden met die experimenten.'

Ik schudde mijn hoofd weer.

'Doe niet zo stom!' zei ze.

Ik opende een boek en staarde naar de bladzijde, zonder een woord te zien. Rowan wist niet hoe het was om een locus magicalicus te verliezen. Hoe het was als de magie tegen je praatte terwijl je niet terug kon praten. Ik sloot het boek en legde het opzij. Mijn handen trilden; ik stootte tegen het schoteltje met zwavelemulsie en het spul klotste op tafel. Verdorie. Ik veegde het weg met de mouw van mijn mantel.

Rowan bleef nog even staan kijken. Toen zei ze: 'Goed, ik zie dat je druk bezig bent, en de bewakers wachten op me op de binnenplaats.'

Ik gaf geen antwoord.

'Dan ga ik maar.' Ze pauzeerde. 'Rafi, je arm rookt.'

Ik keek omlaag. De zwavelemulsie had een gat gebrand in mijn mouw, en een dun streepje grijs-zwarte rook steeg op. Verdorie! Ik trok mijn mantel uit, gooide hem op de vloer en stampte de rook weg. Toen ik opkeek, was Rowan verdwenen.

HOOFDSTUK
12

Die avond waren Nimmeral en ik na het eten op zijn kamer – hij las een boek en ik probeerde mijn ogen lang genoeg open te houden om een van de oude spreukenboeken te doorzoeken op het woord dat de magie tegen me had gesproken tijdens de explosie. Lady de kat lag opgekruld op een opengeslagen boek, naast me op de tafel.

Beneden sloeg de deur van de voorraadkamer dicht en zware voetstappen haastten zich de trappen op.

Bennet kwam binnenstormen. 'Boodschap van kapitein Kerrn,' zei hij. 'Het Dageraadpaleis wordt aangevallen.'

Ik stond op en knipperde de slaap uit mijn ogen.

'Schimmen. Niemand anders zou door die verdediging kunnen komen,' gromde Nimmeral, terwijl hij overeind kwam. 'Mijn mantel en stok, Bennet, nu meteen.' Fronsend keek hij naar mij. 'Ik neem aan dat het geen enkele zin heeft jou op te dragen om thuis te blijven.'

Nee, daar zag ik de zin ook niet zo van in.

We maakten ons klaar en liepen door de voorraadkamer naar buiten. Nimmeral beende met zijn stok en locussteen over de binnenplaats, Bennet met zijn knuppel.

Ik met...

'Nimmeral,' riep ik ademloos, rennend om hem bij te houden.

'Wat is er?' zei hij, me geen blik waardig keurend.

'Ik moet nog iets pakken van mijn werkkamer.'

Nimmeral stopte. 'Snel dan, jongen.'

Goed. Ik sjeesde over de binnenplaats naar het andere eind van Hartenlust en de trap op naar mijn werkkamer. Het was donker; ik liep een stoel omver en knalde toen tegen de tafel. Ik tastte over het tafelblad tot ik vond wat ik zocht – een afgesloten flesje met zwavelemulsie – en stopte het in mijn jaszak. Toen naar de boekenplank, waar ik een van de kopjes had neergezet. Ik stak mijn hand uit, pakte wat salpeter en stopte het in mijn andere zak.

Nu was ik klaar om met de Schimmen te vechten.

We liepen door de toegangspoort van het Dageraadpaleis. Op de brede trap die naar de ingang leidde stond een rij bewakers, en een magister – Trammel – vocht tegen een menigte razendsnel rondwervelende Schimmen. Trammels locus magicalicus wierp een zwakke cirkel van licht om de bewakers, die gewapend waren met zwaarden en pieken.

Terwijl we dichterbij kwamen golfden de Schimmen naar voren als kolkende zwarte rook, en de bewakers op de trappen stapten naar achteren, naar de voordeur. Eén bewaker was gevallen, en een van de andere bewakers sleurde haar aan haar kraag weg bij de Schimmen.

'Blijf bij me, jongen,' zei Nimmeral. Gevolgd door Bennet marcheerde hij op het strijdgewoel af.

Ik bleef een beetje op afstand.

Dit klopte niet. Ik wist hoe je het Dageraadpaleis moest binnendringen, en dat deed je niet via de voordeur.

Dan ging je over de muur en door de glazen deuren aan de achterkant van het paleis. Een bewaker rende schreeuwend langs me; ik keek waar hij naartoe rende en zag Nimmeral die op een zwerm Schimmen af stapte, zwaaiend met zijn wandelstok, en Bennet die hem volgde met zijn knuppel.

'Lothfalas!' hoorde ik Nimmeral schreeuwen, en zijn locus-steen vlamde op. De Schimmen deinsden achteruit en toen vielen ze weer aan.

Hij had het druk.

Ik liep weg van het gevecht. Het geschreeuw van de bewakers verstomde toen ik de hoek van het paleis omging en de statige tuin aan de achterkant in liep. Alle ramen waren donker; ik zag donkere massa's – dat waren de strui-ken – en de vage gloed van het witte grint op de voetpaden.

Ik bleef op het gras zodat mijn voeten niet knerp-knerp over de steentjes zouden gaan. Nu de lage muur naar het terras over en naar de glazen deuren.

Het was stil. Ik probeerde de deur; die was gesloten.

Ze waren dus niet via deze weg binnengedrongen. Opgelucht haalde ik adem.

Ik draaide me al om, toen mijn voetzool over iets heen schraapte. Ik bukte me en vond een hoopje stof, fijn en olieachtig tussen mijn vingers.

Ze waren hier dus wel langsgekomen!

Ik klopte het stof van mijn handen en reikte naar mijn kraag waarin mijn slotenkrakersdraadjes verborgen waren. Het volgende moment had ik ze in mijn hand en klik-klakte het slot al open. Ik glipte door de deur naar binnen en snelde door de balzaal naar de donkere hal daarachter. Geen Schimmen die me besprongen.

Zelf net een schim rende ik door de gangen en toen de trap op naar de kamer van de hertogin. In een houder aan de muur had een weerlicht moeten branden, maar het was donker.

Op stille voeten sloop ik naar de deur van de kamer van de hertogin. Mijn voet stootte tegen iets hards; ik bukte me en voelde stof, een lichaam, zo hard als steen. Ik kwam overeind en haalde het flesje met zwavelemulsie uit mijn zak; met mijn andere hand griste ik een beetje salpeter uit mijn andere zak. Met mijn tanden trok ik de stop uit het flesje en spuugde die uit. De deur stond op een kier. Ik duwde hem wat verder open en sloop naar binnen.

Een kandelaar was op de vloer gevallen, maar de kaars

brandde nog; bij het flakkerende licht zag ik een Schim over de hertogin gebogen staan. Ze lag op haar bed en haar armen hingen slap omlaag. Een klauw van schaduw, die een scherp stuk glimmend steen vasthield, ging omhoog.

'Nee!' schreeuwde ik.

Het stenen mes suisde omlaag en verwondde de hertogin. Toen wervelde de Schim bij haar vandaan en golfde over het bed op mij af, de inktzwarte rook tollend om dat ene paars-gloeiende oog.

Ik was er niet op voorbereid; hij bewoog te snel. Zijn schaduwhanden kropen om mijn hals; ik hijgde, en de adem kwam uit mijn mond als een wolkje stof.

Ik liet het flesje vallen. Het glas versplinterde en de emulsie spatte over de vloer. Toen liet ik de salpeter vallen.

De buskruitingrediënten vermengden zich.

De langzame explosie begon met een zachte *woempf* en een wolk grijze rook.

De kaars op de vloer sputterde even en doofde, en de kamer werd donker. Een zwaar, stenig gevoel verspreidde zich van mijn nek naar mijn borstkas.

'Lothfalas!' stootte ik uit. Als de explosie niet de aandacht van de magie zou trekken, was ik verloren.

De magie hoorde de spreuk! Op de vloer explodeerden felwitte vonken die omhoog schoten en om de Schim wervelden; hij deinsde achteruit en, terwijl het licht door hem heen brandde, barstte hij met een gedempte plof uit elkaar in een wolk zwart stof. Zijn gloeiende paarszwarte oog bleef hangen in de lucht.

Ik stak mijn hand uit en greep het oog, vlak voor het viel.

Toen wierp de golf van licht me tegen de muur en verloor ik het bewustzijn.

Ik hield het oog van de Schim in mijn hand geklemd. Mijn vingers waren zo hard als steen, waardoor ik het niet kon neerleggen. Het oog zond golven loodzware lamheid door mijn arm, mijn botten in. Dit moest zijn wat Dee had gevoeld, vlak voor hij stierf.

Ik knipperde het duister weg en ontdekte dat ik tegen de muur lag in de kamer van de hertogin. Er was iemand de kamer binnengekomen. De kaars brandde weer, nu naast het bed van de hertogin.

Mijn gezicht lag tegen de vloer gedrukt; ik voelde gruizig stof onder mijn wang en rook de geur van de explosie. Door het haar dat voor mijn ogen hing zag ik de met stof bedekte stenen vloer, een vloerkleed dat in een hoekje was geschoven en scherven zwartgeblakerd glas van het flesje met zwavelemulsie.

Voeten in zwartleren schoenen knerpten over het stof, een stok tikte. Ik zag de zoom van de magistermantel. Nimmeral. Hij hurkte en veegde het haar uit mijn ogen. Ik was te zeer versteend om te praten.

'Wat is hier gebeurd, mijn jongen?' vroeg hij rustig.

Hij legde zijn hand even op mijn stenen voorhoofd. Ik kon zijn vingers niet voelen. Toen liep hij naar de deur. 'Bewakers!' riep hij met zijn zware stem. Hij kwam terug, liet zijn blik rondgaan en hurkte toen weer naast me, voelend aan het zwarte stof dat mij en de hele vloer bedekte. Toen pakte hij een paar glasscherven op. 'Aha, ik begrijp het al.' Hij veegde alle scherven bij elkaar en stopte ze in zijn jaszak. Toen liep hij haar het raam en opende het.

Hij kwam weer naar me toe, deed zijn mantel uit en wikkelde mij erin, en toen – 'Stil, jongen' – tilde hij me op en droeg me de gang op. Hij bleef even staan, keek om zich heen en droeg me nog verder, naar de trap, waar hij me op een trede zette en tegen de muur liet leunen.

Een bewaker kwam de trap op rennen. 'Ja, magister?' hijgde hij.

'Een Schim heeft de hertogin aangevallen,' zei Nimmeral. 'Er is een bewaker gedood. Haal Trammel ogenblikkelijk hierheen.'

De bewaker haastte zich weg en na een minuut renden er nog twee bewakers de trap op, gevolgd door Trammel die een brandende locus magicalicus in zijn hand hield.

'Blijf hier, jongen,' zei Nimmeral, en samen met Trammel snelde hij naar de kamer van de hertogin.

Ik ging voorlopig nergens heen.

Na een minuut kwam kapitein Kerrn de trap op rennen, met twee treden tegelijk. Ze zag me niet.

Ik sloot mijn ogen en dook in elkaar, en ik voelde mijn zware stenen hart langzaam kloppen in mijn borstkas. Mijn vingers waren als bevroren om het oog van de Schim; er vloeide nog steeds een zware gevoelloosheid uit, de botten van mijn arm in.

Een bewaker die een weerlicht droeg kwam langs, gevolgd door Rowan, die een zwaard had omgegord over haar witte nachthemd heen.

Toen ze langsliep, zag ze me. Ze hurkte neer op de trede onder me en bestudeerde mijn gezicht. 'Wat is er gebeurd?'

Mijn kaken waren opeengeklemd door de verstening. Hoewel ik niet tegen haar mocht praten, wilde ik haar vertellen dat ze naar boven moest gaan om te kijken of haar moeder in orde was.

Rowan wendde zich tot de wachtende bewaker. 'Mira, haal eens wat dekens.'

De bewaker liep weg. Rowan ging naast me op de trap zitten. Mensen haastten zich langs ons heen, naar boven en naar beneden.

Ze pakte mijn hand. Niet die met het oog erin. 'Je voelt koud.' Ze schoof wat dichter naar me toe en sloeg haar arm om me heen. Ik liet mijn hoofd tegen haar schouder rusten. Ze voelde lekker warm, als een gloeiend vuur op een winteravond. Ik sloot mijn ogen.

Tik-stap-stap, hoorde ik, de trap af.

'Hoe is het met hem?' vroeg Nimmeral met zijn zware bromstem.

'Hij is helemaal verkleumd, meester,' zei Rowan. Haar adem op mijn wang voelde als een kaarsvlam.

Op dat moment kwam Rowans bewaker eraan met een deken.

Rowan bedekte me ermee en sloeg toen haar arm weer om me heen.

'N-n-n…' zei ik, en ik schudde mijn hoofd. Ik kon niets zeggen omdat ik mijn mond niet kon bewegen. Ik wilde Nimmeral vertellen over het oog van de Schim in mijn hand.

Hij boog zich voorover en legde zijn hand op mijn schouder. 'Rustig maar, jongen. Het komt later wel.'

'Wat is er gebeurd?' vroeg Rowan.

'Hij is aangevallen door een Schim,' zei Nimmeral. 'Op de gang, bij de kamer van je moeder.'

Op de gang? Hij had me toch in de kamer van de hertogin gevonden?

Weer kwamen er voetstappen langs de trap omlaag, en ze stopten een paar treden boven ons.

'Lady Rowan!' sprak een zware stem. Haar vriend Argent, degene die haar les gaf in zwaardvechten.

Ze keek op.

'Uw moeder, de hertogin, is aangevallen door de Schimmen, lady Rowan,' zei Argent. 'Wist u dat?'

Rowan kwam abrupt overeind. 'Is ze gewond? Komt het goed met haar?' Ze greep het heft van haar zwaard beet.

'Magister Trammel is nu bij haar,' antwoordde Argent. 'Ik weet niet of haar verwondingen ernstig zijn. Ik zal u naar haar toebrengen.'

Terwijl Argent en Rowan de trap op snelden, hoorde ik Argent vragen: 'Wie was dat?'

Ik leunde tegen de muur. Ik miste Rowans warmte nu al.

'Kun je lopen, jongen?' vroeg Nimmeral.

Ik knikte. Het steengevoel was ellendig, maar ik voelde dat de magie van Wellekom me beschermde tegen de volle kracht ervan. Stijfjes krabbelde ik overeind.

Toen ik voorover viel, pakte Nimmeral me bij mijn arm om me overeind te houden. 'We gaan naar huis, naar Hartenlust,' zei hij. 'Ik wil niet dat Kerrn je ziet, jongen, en lastige vragen gaat stellen.'

Zelfs al zou ze dat doen, ik kon toch niet antwoorden.

HOOFDSTUK

13

Nimmeral spoorde Bennet op, en samen brachten ze me thuis en zetten me in een deken gewikkeld voor de haard in Nimmerals kamer. Toen paste Nimmeral de spreuk voor dansende standbeelden op me toe en stuurde Bennet naar beneden om meer kolen te halen.

Ik zat op mijn stoel en hoestte stof op. Lady klom op mijn schoot en lag daar als een warm kussentje.

'De hele vloer bedekt met stof,' zei Nimmeral.

Hij ijsbeerde voor de haard op en neer. 'Glassplinters. Rooklucht. Ik vermoed dat je een Schim hebt verslagen met een buskruitexplosie.'

Schokkerig knikte ik met mijn hoofd.

'Jongen, je hebt vuurwerk tot ontploffing gebracht in de kamer van de hertogin. Je hebt haar leven gered, dat is waar. Maar niemand mag dit weten, vooral de magisters niet.' Hij schudde zijn hoofd. 'Je hebt wel een talent om jezelf in de nesten te werken.'

Ik wist niet zeker of dat wel een talent was.

Bennet kwam binnen met een emmer kolen.

'Alles goed?' vroeg Nimmeral hem.

'Ja, meneer. Voor we weggingen zei kapitein Kerrn dat ik tegen u moest zeggen dat de Schimmen zich hadden teruggetrokken. Eén bewaker gedood, zes gewond.' Hij gooide nog wat kolen op het vuur en knikte naar me. 'Met hem alles goed?'

'Dat komt wel,' zei Nimmeral. 'Thee.'

Bennet liep weer weg.

Ik wurmde mijn arm onder de dekens vandaan, tilde mijn hand op die nog steeds het oog van de Schim omklemde en legde hem op tafel. Moeizaam opende ik een voor een mijn vingers, en de steen rolde uit mijn hand op het tafelblad. Daar lag hij paarszwart te gloeien.

'Wat is dat, jongen?' vroeg Nimmeral, en hij liep naar de tafel.

'Sch-sch-sch…' zei ik.

'Verdorie,' mompelde hij. Hij reikte naar het oog.

'Nee…' stootte ik uit. Straks veranderde hij ook nog in steen.

Nimmeral stokte en keek me aan. 'Bedoel je dat ik het niet moet aanraken, jongen?'

Ik knikte.

'Goed,' zei Nimmeral. Hij trok de deken weer over mijn arm en ging aan tafel zitten om de steen van nabij te bestuderen. 'Aha,' zei hij, en hij wierp me een snelle blik toe. 'Dit zat binnen in een van de Schimmen, nietwaar? De Schim die je hebt vernietigd in de kamer van de hertogin?'

'J-j-ja,' zei ik.

Bennet kwam binnen met de thee. Hij schonk een kopje in en zette het op tafel voor me neer. 'Lukt dat?' vroeg hij.

Ik knikte en sleepte mijn arm weer onder de dekens vandaan. Het kopje voelde heet aan mijn verlamde vingers. Ik boog me voorover en nam een slok, waarbij mijn tanden tegen de rand van het kopje kletterden. De thee schroeide zich een weg door mijn keel naar mijn maag. De steen die in me zat begon te smelten.

Bennet ging zitten, kantelde zijn stoel achterover tegen de muur en pakte zijn breiwerk.

Nimmeral had een vergrootglas uit de boekenkast gepakt en leunde over de tafel om het oog van de Schim te bekijken. 'Hm,' mompelde hij. 'Dit heb ik al eens eerder gezien, nietwaar?'

Hij legde het vergrootglas neer en liep de kamer uit. Naar zijn werkplaats, vermoedde ik. In de stilte gingen Bennets breinaalden van klik-tikke-tik. Na een paar minuten kwam Nimmeral terug.

'Kijk eens, jongen.' Hij zette een pot op tafel.

Hij was ongeveer zo groot als een hand, gemaakt van

gladde, rode klei en op de zijkant stonden zwarte letters in een krullerig schrift.

'In deze pot zat sluipzilver, dat ik had gekocht. Hm.' Nimmeral leunde achterover op zijn stoel en trok aan zijn baard. 'Dezelfde soort letters, heel vaag en klein, staan op het randje van het oog. Sluipzilver. De tekens op die steen. Ik denk dat ik weet waar de Schimmen vandaan komen. Ze komen uit Dessa, de woestijnstad.'

Dessa? O, hoe had ik zo stom kunnen zijn? Die spreuk van de magie. Daar zat het woord Dessa in. De magie had geweten over de Schimmen en waar ze vandaan kwamen. Maar ik was te stom geweest om het te begrijpen.

De volgende ochtend werd ik wakker, in dekens gewikkeld voor de open haard, doordat Nimmeral me aanstootte met zijn voet. Hij gooide nog een schep kolen op het vuur.

'Hoe is het, jongen?'

Stram ging ik rechtop zitten en leunde tegen de muur naast de haard. Zelfs met de dekens en het warme vuur voelde ik nog de pijn van het koude steen in mijn botten.

'Beter, Nimmeral,' zei ik. 'Is alles goed met de hertogin?'

In mijn slaap had ik gedroomd van de Schim die het stenen mes hief en toen op de hertogin instak. En ik had gedroomd van Dee, met het stof van de Schimmen om hem heen wervelend.

'Het is nog heel vroeg,' zei Nimmeral. 'Ik heb nog niets vernomen uit het Dageraadpalcis.'

Moeizaam ging ik aan tafel zitten. Het oog van de Schim was verdwenen. In plaats daarvan lag er een glimmend plasje zo groot als een hand, alsof er een stukje inktzwarte nacht was gemorst op het gebutste tafelblad. Ik boog me voorover om goed te kijken.

Nimmeral deed hetzelfde. 'Ja, merkwaardig, niet-waar?' Hij stak zijn hand uit. 'Geef me eens zo'n slotenkrakersdraadje.'

Ik haalde er een uit mijn zak en gaf het aan Nimmeral. Hij stak het uiteinde in het plasje. Een diepzwarte druppel bleef aan het draadje hangen; hij tikte en de druppel viel op tafel, veranderde in een slakje en vloeide terug naar het plasje. Hij liet een sissend spoor van stoom achter.

'Sluipzilver?' vroeg ik.

Nimmeral schudde zijn hoofd. 'Nee, iets anders, denk ik. Zwartzilver. Het is in elk geval iets magisch.'

'Hoe kon dat spul de Schim tot leven brengen?'

'Ik vermoed dat het werd gebruikt om er magie in op te slaan. Die wekte de Schimmen tot leven, zodat ze haar orders konden uitvoeren.' Hij ging zitten. 'Dit is werkelijk heel zorgwekkend.'

'Komt het uit Dessa?' vroeg ik. Ik herinnerde me wat Rowan me had verteld over Dessa. Een stad gebouwd op zand en sluipzilvermijnen, had ze gezegd.

'Mm,' zei Nimmeral. 'Ik heb Dessa bezocht, toen ik was verbannen uit Wellekom. De stad wordt geregeerd door een tovenaar-koning, heer Jagos. Een heel machtige magiër, hoewel hij nog jong is.' Hij keek me aan van onder zijn borstelige wenkbrauwen. 'Zijn locus magicalicus is een grote edelsteen.'

Net zoals de mijne was geweest. 'Denk je dat Jagos die Schimmen heeft gestuurd?' vroeg ik. De magie had de naam van die tovenaar-koning echter niet genoemd, dus misschien zat hij er niet achter.

'Dat zou kunnen. Ik begrijp alleen niet wat hij daarmee hoopt te bereiken, als hij het gedaan heeft. De Schimmen zijn misschien spionnen, en moordenaars zijn ze zeker. Zo veel agressie van de ene stad tegenover de andere, dat lijkt zo onlogisch. Zoiets is eigenlijk nooit eerder gebeurd. Er moet een verklaring voor zijn.' Nimmeral schudde zijn hoofd. 'Ik denk dat de hertogin een missie naar Dessa zal sturen om de waarheid te achterhalen.'

Ja, dat zou ze zeker doen. 'Nimmeral, dan moet ik met ze mee. De magie heeft me gewaarschuwd voor Dessa, en ik denk dat zij wil dat ik erheen ga.' Ik wilde de stad niet verlaten, maar als er een groepje uit Wellekom naar Dessa ging, moest ik erbij zijn.

Nimmeral leunde achterover en trok aan het puntje van zijn baard. 'Hm. Ja, misschien,' zei hij.

Hij zei misschien, maar hij wist dat ik gelijk had.

En Nimmeral had gelijk over de hertogin. De volgende dag ontbood ze hem op het Dageraadpaleis.

Ik ging met hem mee. Ik trok mijn zwarte trui aan en mijn leerlingenmantel, zodat ze kon zien dat ik een tovenaar was.

Toen we de trap van het Dageraadpaleis op liepen, keken de bewakers bij de voordeur me wantrouwig aan, maar Nimmeral zwiep-stapte langs hen heen, met mij in zijn kielzog. We gingen naar boven, naar de vertrekken van de hertogin. Voor de deur fluisterde Trammel tegen Nimmeral dat de Schim de hertogin had verwond met een stenen mes dat binnen in haar de verstening had verspreid, en dat hij het kort moest houden.

'En hij moet op de gang blijven,' zei Trammel, naar mij wijzend. 'Ik wil niet dat ze zich opwindt.'

'Nou, jongen?' vroeg Nimmeral, trekkend aan zijn baard.

Ik bleef buiten, Nimmeral ging naar binnen.

De bewakers voor de deur van de hertogin keken me boos aan, maar ik negeerde hen. Ik ging met mijn rug tegen de muur zitten en sloot mijn ogen. Mijn nek, waar de Schim me had aangeraakt, voelde lam.

Toen ik haastige voetstappen hoorde, opende ik mijn ogen.

Rowan, met een bewaker.

Ze stopte. 'Hallo, Rafi. Je ziet er nog niet veel beter uit dan de laatste keer dat ik je zag. Wat doe je hier?'

Ik keek naar haar op. Haar moeder zat in de kamer ernaast, en de bewakers van Kerrn stonden vlakbij. Ik was niet van plan om hier tegen Rowan te praten.

Rowan wachtte op mijn antwoord. 'Dus je praat nog steeds niet tegen me?' zei ze na enkele ogenblikken.

Ik schudde mijn hoofd.

'Mijn moeder,' zei ze met een zucht. 'Ja, ik weet het.'

Ze stak me haar hand toe; ik nam hem aan en ze trok me overeind. 'Je mag met mij mee naar binnen,' zei ze.

Maar de bewakers lieten me er niet door.

Rowan haalde haar schouders op en ging naar binnen, en ik ging weer met mijn rug tegen de muur zitten wachten.

Na een tijdje kwam ze weer de kamer uit. Ik kwam overeind.

'Goed,' zei Rowan. 'Je praat dus niet tegen me, maar ik zal je toch maar het nieuws vertellen.' Ze glimlachte en haar ogen glinsterden. 'Rafi, ik word als afgezant naar Dessa gestuurd om de tovenaar-koning te ontmoeten, om te ontdekken of hij de Schimmen heeft gestuurd en om bewijs mee terug te brengen als dat inderdaad het geval is.'

Ging zij naar Dessa? Verdorie. De hertogin zou me nooit mee laten gaan, als Rowan ging. Ik schudde mijn hoofd.

Rowan fronste haar voorhoofd. 'Ik vertrek zo snel mogelijk. Kom je me uitzwaaien?'

Weer schudde ik mijn hoofd. Waarom kon ze niet gewoon hier blijven?

Rowan rechtte haar schouders en plotseling zag ze er ouder uit, meer zoals haar moeder. 'Ik dacht dat je blij voor me zou zijn, maar blijkbaar ben je dat niet. Ik ben de opvolger van mijn moeder, Rafael. Ooit zal ik de hertogin zijn. Daar ben ik voor opgeleid. Ik heb niet voor niets les gehad in diplomatie, politiek en zwaardvechten. Ik ga naar Dessa en ik ga ontdekken of zij de Schimmen hebben gestuurd en ik ga het oplossen.' Met nog een laatste boze blik draaide ze zich op haar hakken om, haar rokkend ruisend om haar benen, en marcheerde weg door de gang, gevolgd door een bewaker.

De kamerdeur ging weer open en Nimmeral kwam naar buiten, met een grimmig gezicht. Hij zette zijn breedgerande hoed op. 'Kom mee, jongen,' zei hij, zwiepstappend door de gang. Ik volgde hem.

In de tunnel op de terugweg naar Hartenlust vroeg ik hem naar zijn gesprek met de hertogin.

Hij beende voort, met zijn stok tik-tik-tik op de glibberige stenen vloer van de tunnel, terwijl de blauwe gloed van zijn locus magicalicus ons pad verlichtte. Hij hield even zijn pas in om een hek te openen, en we liepen weer verder. 'We hebben gesproken over de missie naar Dessa,' zei hij ten slotte. 'Ik stelde voor dat jij ook mee zou gaan, maar daarvoor wilde ze geen toestemming geven.'

Natuurlijk wilde ze dat niet. Dus ik zou in Wellekom blijven. Dat was niet zo erg. Weggaan uit Wellekom, weg van de magie, dat zou zijn alsof ik een warm haardvuur zou verlaten om een gierende sneeuwstorm te trotseren; daar had ik niet echt veel zin in.

'Ik wilde je graag de stad uit hebben,' zei Nimmeral. 'Het is me niet ontgaan, jongen, dat je magie hebt bedreven met behulp van vuurwerk in de kamer van de hertogin. De lothfalas-spreuk, neem ik aan?'

Ik knikte en hield me gedeisd. Hij leek er niet echt gelukkig mee te zijn.

'De magisters houden je in de gaten,' zei hij. 'Kapitein Kerrn houdt je in de gaten. Ze wachten allemaal tot je jezelf weer in de nesten werkt.'

'Maar Nimmeral, als ik vuurwerk gebruik, kan ik met de magie praten,' zei ik.

Nimmeral stopte plotseling, boog zich voorover en keek me recht in mijn ogen. 'Luister, jongen. Of dat nou waar is of niet, het is veel te gevaarlijk. Je mag geen vuurwerkexperimenten meer doen.' Hij pakte me bij mijn schouders. 'Begrijp je dat?'

Ik begreep het. Maar als ik geen vuurwerk gebruikte, had de magie helemaal niets aan me. Ik gaf Nimmeral geen antwoord. Ik wilde niet tegen hem liegen.

Rowan en de andere leden van de missie vertrokken de volgende ochtend. Er was maar één weg vanuit Wellekom en die begon bij het Dageraadpaleis en leidde dwars door de stad naar het oosten. En uiteindelijk naar Dessa, vermoedde ik.

Een hele menigte mensen, voornamelijk uit Ochtendgloren, had zich op straat verzameld. Ze stonden onder paraplu's in de druilerige regen te kijken hoe Rowan en haar reisgenoten vertrokken. Een paar mensen juichten; nog wat meer mensen waren druk bezig zakken te rollen.

Het gezelschap trok voorbij. Eerst een groep bewakers in uniform, die met snelle stap door de plassen liepen, toen een wagen beladen met voorraden, afgedekt door een waterdichte kap, vervolgens een wat armoedig rijtuig, waarschijnlijk vol bedienden. Toen nog een rijtuig; ik zag Spits erin zitten. Dus ze hadden een tovenaar meegestuurd. Dat was een goed idee.

Toen kwam Rowan, op een schimmel; zijn hoeven klepperden over de klinkers. Ze droeg een donkergroene broek, hoge laarzen en een jas met groene borduursels, en in het grauwe licht vlamde haar rode haar op als een vuur. Aan de ene kant reed kapitein Kerrn naast haar, in haar groene uniform. Aan de andere kant reed haar vriend Argent op een vurig zwart paard.

Rijzig en nobel zat Rowan in het zadel. En een beetje verkleumd, door de kille wind. Toen ze het punt passeerde waar ik stond keek ze even op me neer, wendde haar blik weer recht vooruit en reed verder.

Rowan Hinderling

Mijn moeder heeft me gevraagd een dagboek bij te houden, met daarin alles wat me opvalt. Ze zegt dat het opschrijven van dingen me zal helpen om 'mijn ervaringen onder woorden te brengen en ze daardoor te begrijpen'. Ik neem aan dat ze daar gelijk in heeft. Wat ik verder niet echt onder woorden hoef te brengen is dat het regende toen we vertrokken uit Wellekom en dat het nog steeds regent nu ik dit zit te schrijven in mijn tent. Die regen komt al genoeg tot uitdrukking in mijn natte jas, mijn natte laarzen en het natte brandhout dat het onze kok tamelijk moeilijk maakte om het avondeten te bereiden.

We moeten zo snel mogelijk naar Dessa, dus ik stond erop dat we meteen op de eerste dag zo veel mogelijk kilometers aflegden.

Argent zag er heel mooi uit in zijn blauwe jas, boven op die enorme Middernacht, maar ik zag wel dat hij nogal stijf uit het zadel kwam toen we ons kamp opsloegen. We zullen snel gehard zijn door het reizen. Het is een lange weg naar Dessa, en we moeten hem snel afleggen.

Dessa zal een uitdaging zijn. De magister die mijn
moeder met ons heeft meegestuurd, Spits, denkt dat het
onwaarschijnlijk is dat de tovenaar-koning van Dessa,
heer Jagos, verantwoordelijk is voor de aanvallen van
de Schimmen. Maar ik vind Spits nogal onnozel. Had
Rafi maar met ons mee kunnen gaan. Ik heb genoeg
magielessen gevolgd om te vermoeden dat Rafi meer
over magie weet dan alle magisters bij elkaar.
Ik begrijp niet hoe hij erin slaagt om de magisters, mijn
moeder en kapitein Kerrn steeds zo kwaad te maken.
Hoewel, ik ben ook kwaad op hem. Dat is kennelijk zijn
grote talent.

Hoe dan ook, deze missie is mijn kans om mijn
moeder en haar raadslieden te tonen dat ik mijn lessen
goed heb geleerd en uitstekend in staat ben om hun
opdracht uit te voeren.

· ᛒᚠᚠᛁ ᛗᛟᛗᛏ ᛉᛗᛒᛒᛏ ᛋᛏᛟᛗ:

HOOFDSTUK 14

Die middag wachtte ik tot Nimmeral was vertrokken naar de magisterbijeenkomst en Bennet de keuken aan het schrobben was. Toen ging ik snel naar mijn werkkamer.

Op tafel lagen wat boeken en Nimmerals verhandeling over vuurwerk, en er stonden vieze kopjes, een kandelaar, een schoteltje zwavelemulsie – bijna klaar – en een kop vol salpeter.

De zwarte vogel kwam op de rugleuning van mijn stoel zitten; af en toe hupte hij op mijn schouder om te kijken wat ik aan het doen was. Hij hield me in de gaten, voor de magie.

Ik wist dat ik niet nog een keer een locus magicalicus zou vinden. Maar ik wist ook dat de magie me iets wilde vertellen, iets over de Schimmen en Dessa, vermoedde ik, en dat iets zou ik alleen kunnen horen door vuurwerk te gebruiken.

Ik maakte het glazen staafje schoon dat ik uit Nimmerals werkplaats had gepikt en roerde de emulsie op het schoteltje door. De vogel wipte op de tafel en stak zijn zwarte snavel in de salpeter. 'Niet doen,' zei ik, en ik duwde hem weg. Hij zette zijn veren op en fladderde toen weg om in de vensterbank te gaan zitten.

Het buskruit was bijna klaar.

Goed.

Het zou maar een kleine explosie worden. Nimmeral zou het niet eens merken.

Ik haalde alles van tafel af, behalve het schoteltje met zwavelemulsie. Met het glazen staafje roerde ik het nog eens door, waardoor de glanzende zwarte emulsie rond wervelde. Toen pakte ik de kop met salpeter – de juiste hoeveelheid, volgens de verhoudingen die Plof had opge-geven. Ik haalde diep adem en gooide de salpeter op het schoteltje.

Ik stapte achteruit.

De salpeter werd opgezogen door de wervelende emul-sie. Het knetterde; felle vonken dansten aan het opper-vlak, en langs de rand van het schoteltje kringelde rook omhoog.

Op tafel en op de vloer begonnen kleine stofjes rond te springen als vlooien op een hond. De muren trilden.

Glazen buisjes en flesjes rammelden op de planken en vielen kapot op de vloer.

De draak op het schilderij aan de muur leek te kronkelen in een wolk rook, naar me knipogend met zijn rode oog.

Met een *woempf* golfden vlammen en dikke rook van het schoteltje. Witte lichtflitsen schoten dwars door de kamer; boeken zweefden van de planken; papieren wervelden rond. De muren beefden, en er sprong een barst in het plafond. Onder mijn voeten voelde ik de vloer bewegen. De magie moest luisteren. De juiste spreuken kende ik niet, maar ik moest ervoor zorgen dat ze me hoorde. 'Zeg het me,' schreeuwde ik tegen de magie. 'Ik kan niet naar Dessa. Wat wil je dat ik nu doe?'

De woorden hadden mijn mond nog niet verlaten of ik werd achterwaarts weggeslingerd. Ik had tegen de muur van de werkkamer moeten knallen, maar dat gebeurde niet. Vonken dansten voor mijn ogen, en ik tuimelde door de lucht. Grote brokken steen raasden langs me heen, pijlen van licht schoten omhoog de oneindigheid in. Ik knipperde met mijn ogen en zag de zwarte vogel met wijd uitgespreide vleugels langs me heen suizen en toen weg wieken, het licht tegemoet.

De magie sprak. Als een reuzenhand omvatte ze me. Haar stem trilde in mijn botten en tanden, als muziek met loodzware bassen. Ze zei hetzelfde als eerst, maar deze keer bouwde het geluid zich op van een lage toon tot een schrille kreet, drie keer, steeds sneller, *Damrodelodesseldessaelarhionvarliardenlies—Dessadessadessa!*

De magie hield me nog even vast. Toen liet ze los, en ik viel.

HOOFDSTUK

15

Ik stortte omlaag, gegeseld door twijgen, stuiterend op takken tot een dikke tak me ving en me vasthield als een enorme, knokige hand. In mijn val was mijn schouder uit de kom gevlogen; de pijn schoot als een mes door me heen. Ik knipperde rode vlekken uit mijn ogen. Ik lag in de boom op de binnenplaats. Mijn leerlingenmantel was blijven hangen aan een tak vlak boven me, mijn bovenlichaam en benen lagen op een dikke tak en mijn hoofd hing in het luchtledige. Ik bewoog, en de pijn vlamde vanuit mijn schouder door mijn hele lichaam. De takken die me vasthielden bewogen. Ik bleef stil liggen en probeerde niet te ademen, omdat het te veel pijn deed. Ik sloot mijn ogen.

Vlak boven me klonk gefladder, en toen *krrrrawk*. Ik opende mijn ogen. De zwarte vogel was op een tak boven me komen zitten en pikte naar mijn leerlingenmantel. Pik-pik-pik. De stof schoot los van de tak; mijn gewicht verschoof, en de takken lieten me gaan.

Ik knalde op nog een tak en kletterde toen op de keien.

Mijn schouder schoot weer in de kom. En bij mij ging het licht uit.

Ik werd wakker in een bed, met pijnlijke botten. Witgepleisterde muren, een tegelvloer en een hoog raam; naast mijn bed stond een tafel met daarop een bruin flesje en een lepel. De medicos, gokte ik.

De deur ging open. Nimmeral kwam binnen. Zijn uitdrukking was grimmig, alsof zijn gezicht uit steen gehouwen was. Hij ging aan het voeteneind van mijn bed staan en keek op me neer. In zijn zwarte pak, met zijn stenen gezicht, was hij net een strenge, zwarte pilaar. Hij opende zijn mond om iets te zeggen, klemde toen zijn kaken weer op elkaar, draaide zich om en verliet de kamer.

O, nee.

Moeizaam, stram, ging ik rechtop zitten en zwaaide mijn voeten van het bed. Ik had mijn kleren nog aan, maar mijn schoenen waren weg. Mijn hoofd deed pijn. Mijn schouder ook. Mijn ribben aan diezelfde kant deden nog meer pijn.

De deur ging weer open en Trammel kwam binnen, gekleed in een wit schort dat aan de voorkant volzat met bloedspetters.

Ik staarde naar de bloedspetters. Ze staken donkerrood af tegen de sneeuwwitte stof. Nimmeral kwam de kamer binnen en sloot de deur achter zich.

'Ga staan,' commandeerde Trammel.

Langzaam ging ik staan. De tegelvloer voelde kil aan mijn blote voeten.

'Armen omhoog,' zei Trammel.

Au. Een pijnscheut snerpte door mijn ribben. De schouder die uit de kom was geweest liet mijn arm aan die kant niet verder omhooggaan dan halverwege.

'Doet dit pijn?' vroeg Trammel, drukkend in mijn zij.

Alsof ik met een mes gestoken werd. Ik knikte.

'En als je inademt?'

Weer knikte ik.

'Hm,' zei Trammel. Hij draaide me zijn rug toe en praatte alleen tegen Nimmeral. 'Schouder uit de kom, maar die zit weer op zijn plek. Gebroken ribben. Laat hem tien dagen rust houden. Als dat lukt. Nu moet ik naar een andere patiënt.'

Trammel verliet de kamer en zonder iets tegen me te zeggen volgde Nimmeral hem naar buiten.

Onder mijn pijnlijke ribben klopte mijn hart wild. Mijn vuurwerkexperiment was misgegaan, zeker weten, en Nimmeral was te boos om ook maar tegen me te praten.

Onder het bed vond ik mijn schoenen en sokken. Ik bukte me om ze aan te trekken, wat nogal veel pijn deed.

Ik liep naar de deur en keek om het hoekje. De gang van de medicos was leeg.

Bij elke stap schoot er een vlam van pijn door mijn ribben en schouder, dus ik liep voorzichtig de kamer uit en de gang in. De deur van de kamer ernaast stond op een kier. Ik gluurde naar binnen.

Nimmeral zat daar naast een bed, met zijn hoofd in zijn handen. Trammel stond naast hem, met een spreukenboek en zijn locus magicalicus, en sprak een genezende spreuk uit.

In het bed lag Bennet.

Bennet?

Zijn ogen waren gesloten, zijn huid was lijkbleek en zijn hoofd was verbonden; op één plek was het bloed erdoorheen gesijpeld. Een van zijn armen lag op de dekens, gespalkt en in het verband.

Ik duwde de deur open.

Nimmeral keek op. Toen hij me zag, fronste hij zijn wenkbrauwen. Hij kwam langzaam overeind en wees naar de deur. 'Ga weg.'

Ik had hem nog nooit zo kwaad gezien. Zijn woorden raakten me als klappen in mijn gezicht. Ik struikelde naar achteren en leunde tegen de muur in de gang.

Bennet in bed, misschien stervende.

Wat was er gebeurd?

Een moment later kwam Nimmeral de gang op en sloot de deur achter zich. Zijn gezicht zag eruit als een onweersbui die elk moment kon losbarsten.

Mijn hart huiverde in mijn borstkas. Bennet met zijn hand in het verband... 'Komt het goed met hem?' fluisterde ik.

'Dat weet ik niet. Trammel heeft zijn botten met een spreuk weer aan elkaar gezet, maar hij weet niet of het genoeg is.'

Nimmeral balde zijn handen tot vuisten. Ik dacht dat hij me zou slaan, maar in plaats daarvan draaide hij zich om en beende weg. Toen draaide hij zich met een ruk weer om en schreeuwde: 'Zijn schedel is gebroken, verdorie!'

Mijn maag voelde koud, alsof ik een killeraal had ingeslikt. Ik staarde hem aan. Was het mijn schuld?

Achter hem ging de deur open en Trammel stak zijn hoofd naar buiten. 'Stilte, graag,' zei hij op scherpe toon. 'Hij moet rust hebben.'

Nimmeral knikte en wendde zich weer tot mij. Deze keer fluisterde hij, maar dat was erger dan schreeuwen. 'Ga naar Hartenlust en kijk wat je hebt aangericht.'

Ik ging.

Het duurde even om via de tunnels bij Hartenlust te komen. De pijn vlamde bij elke stap en elke ademteug door mijn hele lichaam, vanuit mijn ribben en schouder, dus telkens als ik een hek had gepasseerd moest ik even stoppen om met gesloten ogen tegen de muur te leunen.

Onder aan de trap naar Hartenlust rustte ik even uit, ineengedoken op de onderste trede met mijn armen om mijn ribben geslagen, in een poging ze bij elkaar te houden zodat ze niet meer zo'n pijn zouden doen. Het hielp niet.

Terwijl ik probeerde oppervlakkig te ademen kwam ik weer overeind en beklom de trap. Bovenaan stopte ik.

Aan de overkant van de binnenplaats lagen de rokende puinhopen van Hartenlust. Mijn werkkamer was verdwenen, alsof hij van het eiland was geschraapt. Er was alleen nog kale rotsgrond. En de rest van het gebouw, Nimmerals kamer, de keuken, de voorraadkamer, mijn zolderkamer – niets meer dan slordige hopen baksteen en zwartgeblakerd, versplinterd hout. Rook kringelde omhoog tussen de ingestorte muren, waar de voorraadkamer was geweest.

Daar was Bennet bezig geweest toen ik mijn explosie veroorzaakte. De magie had mij wel beschermd, maar hem niet.

Toen ik op de trap had zitten uitrusten, was de zon ondergegaan; het rook nu naar de modderige rivier en brandlucht. Vanuit het oosten strekten vingers van duisternis zich uit langs de hemel.

Binnen in mij gebeurde er iets vreemds. Sinds ik Nimmerals leerling was geworden, had ik een beeld voor mezelf opgebouwd van een thuis waar ik veilig was en waar ik genoeg te eten had en een plek om te slapen. En binnen in mij versplinterde dat beeld tot een rokende ruïne.

Het liet een enorm zwart gapend gat achter. Ons thuis. Mijn schuld.

Bennet. Mijn schuld.

De duisternis binnen in me vermengde zich met de nacht, en alles werd zwart.

's Morgens werd ik wakker onder de boom op de binnenplaats. Toen ik mijn ogen opende, zag ik de zwarte vogel op mijn borstkas zitten. Hij hield zijn kop schuin en keek me aan met zijn gele oog.

'Goeiemorgen,' zei ik schor.

Krrrr, zei de vogel.

Ik liet mijn hoofd opzijvallen om naar Hartenlust te kijken. De brokken steen gloeiden rozig in het vroege ochtendlicht.

In de grijze schaduwen bewoog iets; het stak de binnenplaats over en kwam naar me toe.

Lady, de kat. Een klein stukje van de lege duisternis binnen in me verdween. Ze kwam aan trippelen en ging zitten, terwijl ze de zwarte vogel in de gaten hield. Hij flap-fladderde naar mijn voeten en ging daar zitten, met opgezette veren. Lady kwam naar me toe en legde spinnend haar pootjes op mijn arm.

Ik hief mijn hand om haar te aaien, maar liet hem weer vallen. Au. Alle pijn van de dag ervoor had zich nu vastgezet in mijn botten. Ik voelde me net een oude man die was overreden door een rijtuig. Ik zou daar maar gewoon een tijdje blijven liggen, besloot ik. Ik sloot mijn ogen.

In de tunnel beneden klonk het geluid van het hek naar Hartenlust dat werd geopend en weer gesloten, en toen zware voetstappen op de trap en stap-stap-tik over de keien. Ik opende mijn ogen.

Nimmeral.

Terwijl hij dichterbij kwam, werkte ik mezelf omhoog totdat ik tegen de boomstam zat. De zwarte vogel vloog op en ging op een tak boven mijn hoofd zitten.

Nimmeral bleef naast me staan en keek naar de ruïne van Hartenlust. Hij had een rugzak bij zich.

'Vanmorgen ging het nog niet beter met hem,' zei hij. Zijn stem was vlak en kil.

Ik sloeg mijn armen om me heen en kwam moeizaam overeind.

Nimmeral liet de rugzak vallen. Ik verwachtte dat hij me nog een keer zou uitkafferen, maar hij zei niets, keek me alleen fronsend aan.

Aan de andere kant van de binnenplaats kringelde de rook omhoog uit de brokstukken. Een kille bries joeg vanaf de rivier over de ruïne en blies as en stof in mijn gezicht.

Hij had me gezegd dat ik geen vuurwerk mocht maken, maar dat had ik wel gedaan.

'Het spijt me, Nimmeral,' fluisterde ik. 'Het spijt me zo.'

Hij schudde zijn hoofd. 'Daar is het te laat voor. Nu moet je doen wat je doen moet.' Hij draaide zich om en stap-stap-tikte naar de ruïne. Lady volgde hem. Wolken pakten zich samen boven de rivier, boven Ochtendgloren. In de verte rommelde de donder, en het begon te regenen.

Ik pakte de rugzak op en keek erin. Pakketjes eten, gewikkeld in bruin papier. Heel veel eten. Ik haalde diep adem, beverig en bibberig, en mijn ribben staken me als messen.

Nimmeral zou me nooit vergeven dat ik Hartenlust had vernietigd. Nooit. Het was zijn thuis, hij was daar opgegroeid. En Bennet. Dat zou hij me ook nooit vergeven. En dat hoorde ook niet.

Mijn handen trilden; ik omklemde de schouderbanden van de rugzak. De magie had me verteld wat ze van me wilde, zeker weten. Ze wilde dat ik Wellekom verliet; ze wilde dat ik naar Dessa ging. Ik had daar eerder heen moeten gaan, zelfs zonder Rowan en de anderen. Het was stom van me geweest om in Wellekom te blijven.

En kijk wat ik nu had gedaan. De magisters en de hertogin zouden bijeenkomen en me verbannen uit Wellekom. Nimmeral had me daarvoor gewaarschuwd; hij zou niet proberen hen op andere gedachten te brengen. Hij wilde dat ik vertrok. De magie wilde dat ik vertrok.

En dus zou ik Wellekom verlaten.

Ik had de stad nooit eerder verlaten. Terwijl ik langzaam naar het oosten liep, over de weg die Rowan een paar dagen eerder had genomen met haar gezelschap, voelde mijn hart zwaarder dan een emmer stenen. Er viel een grijsgrauwe motregen.

De zwarte vogel kwam met me mee. Hij vloog steeds een stukje voor me uit en ging dan zitten wachten, toekijkend hoe ik piepend en krakend mijn weg zocht door de straten vol plassen, met de rugzak op mijn rug.

Aan de rand van de stad eindigden de huizen en gingen de straatklinkers over in een modderige hobbelige weg die langs een steile heuvel omlaag leidde naar een donker woud. Ik stond met mijn voeten half op de klinkers en half op de weg. De vogel fladderde naar een lage stenen muur naast de weg en ging daar zitten, zijn hoofd schuin, en staarde me aan met zijn gele oog.

Goed. Tijd om te gaan. Ik klemde mijn kiezen op elkaar om het verdriet in toom te houden en tilde mijn voet op om naar voren te stappen, Wellekom uit.

Zodra ik mijn voet neerzette golfde de magie van de stad op me af en duwde me van achteren, als een enorme hand. Ik viel en tuimelde helemaal omlaag de heuvel af, terwijl de pijn uit mijn ribben vlamde.

Daar bleef ik liggen, bedekt met modder, en ik keek omhoog naar de grijze hemel. Regendruppels vielen op mijn gezicht. Mijn ribben deden pijn. Ik had geen zin om me te bewegen. Wat als ik daar gewoon bleef liggen en helemaal niet naar Dessa ging?

Een tijdje lag ik daar. Mijn kleren zogen de modder op. Het begon nog harder te regenen. Ik kreeg het koud. En ik kreeg honger.

Dit sloeg nergens op. Ik had geen thuis meer, dus ik moest wel verder. Krakend kwam ik overeind, veegde de regen uit mijn ogen en ging staan. De rugzak was een paar meter verderop terechtgekomen, dus ik sjokte erheen, pakte hem op en deed hem om.

Ik keek achterom, langs de heuvel omhoog. De zwarte vogel zat midden op de weg, waar de straatklinkers begonnen. Hij hupte omhoog, fladderde met zijn vleugels, ging weer zitten. *Awwwwk,* riep hij. Ga weg.

'Goed dan, ik ga al,' zei ik, en ik keerde Wellekom de rug toe.

HOOFDSTUK 16

Onder aan de heuvel begon het woud. In het grijze licht van deze regenachtige dag zag de weg eruit als een tunnel die het duister in leidde. Struiken met bruine bladeren drongen op tot aan de weg en daarbovenuit torenden de bomen, met knobbelige basten, kronkelige takken en donkere bladeren. Tussen de bomen hingen klimplanten omlaag en vlak boven de grond zweefde een melkwitte nevel.

Het rook naar rottende bladeren en schimmel. Ik liep

langzaam verder, mijn schoenen modderig, de rugzak zwaar.

Hoe verder ik bij Wellekom vandaan kwam, hoe verder weg de magie van de stad voelde. Alsof ik een warm vuur verliet. Terwijl de magie in de verte verdween, leek de regen steeds kouder te worden en mijn maag leger. Met elke stap werd de pijn in mijn ribben en schouder erger.

De tunnel onder de bomen werd donkerder, tot ik besefte dat ik de weg onder mijn voeten nauwelijks meer kon zien. Tijd om te stoppen. Ik liep langs de kant van de weg tot ik een goede plek vond om te slapen – een struik vol bruine, verdorde bladeren met een droog plekje eronder, waar ik kon schuilen voor de regen. Ik kroop onder de struik, de rugzak achter me aan slepend en dook in elkaar. Bladeren ritselden om mijn hoofd en twijgjes prikten in mijn rug.

Ik opende de rugzak om te kijken wat Nimmeral had ingepakt. Een mes in een leren hoesje. Een pak beschuit-jes, een pakje spek, drie appels, vijf gekookte aardappels, een homp kaas in vetvrij papier en een veldfles gevuld met water.

Het was nu aardedonker. In Wellekom waren de nachten nooit zo duister; zelfs op regenachtige avonden weerkaatsten de weerlichtjes van Ochtendgloren tegen de wolken en zorgden voor een rozige gloed.

Op de tast pakte ik een beschuitje en twee plakjes spek, maakte er een soort sandwich van en nam een hap.

Wat zou Nimmeral nu doen? Ik sloot mijn ogen. Hij zat tegenover me aan tafel. Hij at kippenpastei en wees naar me met zijn vork, en vertelde me dat ik mijn gezicht niet moest afvegen aan mijn mouw. Gebruik je servet, jongen, zei hij. Later zouden we naar boven gaan, naar zijn kamer, en dan zou ik hem vragen naar de verhandeling die hij had geschreven over vuurwerk, die ik uit zijn kamer had gepikt. Lady zou zich spinnend opkrullen op mijn schoot. Bennet zou thee komen brengen en dan met zijn stoel tegen de muur gekanteld gaan zitten breien.

Ik kauwde op het beschuitje met spek, maar door het brok verdriet in mijn keel kon ik niet verder eten.

Voorzichtig pakte ik het beschuitje weer in en stopte het terug in de rugzak.

Ik ging liggen om te slapen, met de rugzak als hoofdkussen, huiverend in mijn vochtige kleren. De bladeren van de struik ritselden en vlakbij druppelde de regen op de grond. Mijn ogen bleven open en ik staarde de zwarte nacht in. Hoog boven me blies de wind door de boomtoppen. Het klonk als iemand die zuchtte, heel ver weg, *helaas, helaas, helaas.*

Toen ik de volgende ochtend wakker werd voelde ik me afschuwelijk. Niet omdat ik moe was, het was iets anders. Mijn keel deed pijn en mijn hoofd voelde waterig en vreemd, alsof het eraf zou vallen en over de grond weg zou rollen.

Ik wist wat het was. Ik was verkouden. In Wellekom was ik nooit ziek geworden, omdat de magie me had beschermd. Maar hier, op de weg naar Dessa, kon ze me niet beschermen.

Ik nieste en kroop onder mijn struik vandaan. Het bleef de hele dag regenen, een motregen die alles vochtig maakte, maar niet doornat. De magie van Wellekom voelde heel ver weg, niet meer dan een vonkje in de verte. Mijn verkoudheid werd erger, mijn hoofd bonsde bij elke stap. Mijn schouder stak. De weg werd modderiger. Hij leidde dwars door de bomen heen. Als ik hem volgde, dacht ik, en snel liep, kon ik Rowan en haar gezelschap nog inhalen. Ik wist niet zeker of Rowan me er wel bij zou willen hebben, maar ik zou hoe dan ook naar Dessa gaan.

De hele dag liep ik verder, niezend en snuffend en mijn neus afvegend aan mijn mouw. Eindelijk kroop de nacht tussen de bomen door. Net als de vorige avond vond ik een struik om onder te slapen, deze keer wat verder van de weg.

Nu kon ik de magie helemaal niet meer voelen, zelfs geen sprankje in de verte. Met pijnlijke ribben en kloppend hoofd kroop ik het struikgewas in; zelfs onder de dorre bruine bladeren was de grond nat, maar een droger plekje zou ik toch niet vinden. In Wellekom had ik nattere nachten meegemaakt. Nadat ik een aardappel en wat kaas had gegeten en mijn grommende maag had verteld dat hij het daarmee moest doen, ging ik liggen om te slapen.

De nacht was leeg, en donkerder dan een kelder waarvan de deur dicht was. Vlakbij hoorde ik geritsel, krakende twijgjes, gescharrel. Wat was dat? Kleine dieren, vermoedde ik. Misschien ratten. In Schemering waren er altijd een heleboel ratten geweest. Soms, als je in een donkere kelder sliep, kwamen ze 's nachts tevoorschijn en knabbelden ze aan je haar.

Mijn oogleden zakten omlaag, en ik viel in slaap.

Ging schade opnemen. Hartenlust totaal vernietigd. Niets meer te redden. Spreukenboek kwijt, verdorie. Moet alles vanaf grond opbouwen.

Bennet nog niet bijgekomen. Trammel nu bezorgder, vreest dat hersens zijn beschadigd toen schedel brak.

Gesproken met magisters, over Rafaels ballingschap. Verbanning officieel uitgesproken. Schimmen besproken. Magisters met de dag bezorgder.

Verblijf in Bromby's appartement op academicos. Oncomfortabel, vind het maar niets. Kan niet slapen. Vrees dat er iets ernstig mis is, meer dan we weten.

· ᛒᛁᛋ ᛋᛟᛏᚷᛗᛏ:

HOOFDSTUK 17

Er volgden nog vier dagen van lopen, zo snel als ik maar kon door de modder, met mijn zere keel en pijnlijke ribben, slapend onder de struiken. Op de derde ochtend was mijn eten op, nadat ik als ontbijt de laatste kruimels kaas en een halve aardappel had gegeten. Door mijn leven met Bennet en Nimmeral was ik vergeten hoe het voelde om honger te hebben. Mijn maag voelde hol, en de volgende ochtend voelde ook mijn hoofd zo.

Eindelijk viel de avond. Ik zocht

geen struik om onder te slapen, maar liep verder, sjok, sjok, sjok, door het duister over de weg.

De volgende dag haalde ik Rowans gezelschap in. Het was nog vroeg in de ochtend; de hemel was donkergrijs en er viel een lichte motregen. Mijn verkoudheid was iets minder, maar mijn hoofd voelde licht van de honger. En van opluchting. Ik hield halt om het kampement te bekijken. Het bestond uit een groepje witte tenten op een open plek, vlak naast de weg. Hier en daar waren vuurtjes gestookt; de paarden waren vlak bij elkaar vastgebonden en de wagen en de rijtuigen stonden naast de weg. Een paar mensen, bewakers en bedienden, liepen af en aan met brandhout en emmers water.

Rowan was vast in de grootste tent, gokte ik. Ik liep het kamp in.

Na drie stappen greep iemand mijn arm en rukte me bijna van mijn voeten. Ze draaide me om, om me te kunnen bekijken.

Kerrn, met een van haar bewakers. Verdorie.

'Rowan!' schreeuwde ik. Kerrn legde haar hand op mijn mond. Ik spartelde tegen, waardoor de pijn in mijn ribben oplaaide, maar Kerrn en de bewaker tilden me op en droegen me naar een tent aan de andere kant van het kamp. Daar zetten ze me weer op de grond, en ik dook naar de flap van de tent om naar buiten te vluchten.

'Ro-' wist ik uit te brengen, en toen had Kerrn me weer vast bij mijn kraag, zo stevig dat ik bijna stikte.

Midden in de tent stond een paal die het doek

omhooghield. Kerrn smeet me ertegenaan; ze fouilleerde me en vond mijn mes. Ze hield het omhoog met haar vrije hand. 'Kijk eens aan. Wat doe je hier, kleine dief?' vroeg ze. Ze greep mijn kraag nog wat steviger beet en smakte me nog eens tegen de paal.

Ik hapte naar adem. Donkere vlekken dansten voor mijn ogen.

Iemand kwam de tent binnen, bukkend onder de flap door, en bleef daar staan. Hij zei iets, en Kerrn liet me los.

Ik boog voorover, terwijl ik de paal vasthield, en probeerde op adem te komen.

'We hebben deze dief betrapt. Hij sloop het kamp binnen met een mes,' zei Kerrn.

'Aha. Maar ik meen dat lady Rowan hem kent, kapitein,' zei de man.

Ik keek op. Argent. Rowans vriend, degene die haar leerde zwaardvechten.

'Ik moet haar spreken,' zei ik. 'En ik sloop niet,' zei ik tegen Kerrn.

'Zwijg, dief,' gromde Kerrn.

Argent was lang. Hij zag er een paar jaar ouder uit dan Rowan. Hij had blond haar dat netjes was gekamd, blauwe ogen en een lange neus waarlangs hij arrogant op mij neerkeek. Hij snoof minachtend. 'Ik denk toch dat ze hem even wil spreken, kapitein.' Hij draaide zich om.

Kerrn greep mijn schouder – mijn pijnlijke schouder, au – en duwde me achter Argent aan; ik volgde hem naar buiten en probeerde niet te struikelen.

Kerrn sleurde me aan mijn kraag mee naar een vuur, waar een van de bedienden stond te roeren in een kookpot met iets wat heerlijk rook. Pap, vermoedde ik. Met rozijnen erin.

Argent bukte zich om de grote tent binnen te gaan, en even later kwam hij weer naar buiten met Rowan. Toen ze me zag, trok ze haar wenkbrauwen op. 'Zo, Rafael,' zei ze.

'Hallo, Ro,' zei ik.

'Dus nu wil je wel met me praten?'

Ik knikte.

Kerrn had me nog steeds bij mijn kraag vast.

'Je kunt hem nu wel loslaten, Kerrn,' zei Rowan.

'Weet u het zeker, lady Rowan?' vroeg Kerrn. 'We betrapten hem toen hij het kamp binnensloop, met een mes.'

'Ja, ik weet het zeker,' zei Rowan. Ze was geërgerd, dat hoorde ik. Kerrn liet me los.

Bij het vuur begon de bediende kommen met pap uit te delen. Ze waren ook spek aan het bakken. Mijn maag rommelde.

'Luister je wel, Rafi?' vroeg Rowan.

Ik wendde me weer naar haar. 'Sorry,' zei ik.

'Ik vroeg wat je hier doet.'

Ik opende mijn mond om het te vertellen, maar het vuurwerk, Hartenlust, Bennet, Nimmeral – het was te veel om uit te leggen. Ik schudde mijn hoofd.

Rowan keek me indringend aan; ze zag wel dat ik het moeilijk had. 'Goed dan. Maar je gaat dus met ons mee?'

Ik knikte. Ja, helemaal naar Dessa. En wat ik daar ging doen als ik er eenmaal was, dat wist ik niet.

Rowan Hinderling

Vanmorgen kwam Rafi het kamp binnenwandelen.

Mijn moeder zei dat ik op deze reis uitdagingen zou tegenkomen, en dat ik 'mijn leiderschap moet vestigen'. Eén uitdaging is alvast beslissen wat ik met Rafi aanmoet. Ik heb magister Spits gevraagd hem als leerling te accepteren tot we terugkeren naar Wellekom. Spits zei, geen sprake van. Ondertussen wil kapitein Kerrn Rafi arresteren – voor onze veiligheid. Ze waarschuwt me heel onheilspellend dat Rafi ons in de problemen zal brengen, tenzij hij vastgeketend is.

Toen we verder reden vroeg Argent of hij Rafi als bediende mocht hebben. Dat is waarschijnlijk beter dan Rafi overdragen aan kapitein Kerrn. Rafi kennende zal hij niet graag de bediende spelen, maar hij moet iets te doen hebben, anders werkt hij zichzelf in de nesten. Argent zal hem bij Kerrn uit de buurt houden.

We hebben geen tijd voor dit soort afleiding. Gisteren hebben we vertraging opgelopen door een gebroken wiel, en ik had veel zin om het rijtuig gewoon achter te laten. We moeten zo snel mogelijk naar Dessa. Terwijl wij onderweg zijn gebeuren er misschien

de vreselijkste dingen, thuis in Wellekom. Ik kan Rafi daarover niet aan de praat krijgen. Ik maak me ook zorgen om mijn moeder, en de verwonding die ze heeft opgelopen. Magister Trammel zei dat ze vooruitging, maar ze was zo zwak en bleek voor we vertrokken.

· ᚺᛟᚢᛉᛖᛏ ᛗᛁᛁᛖ ᚱᛖᚷᛖᛁᛏ ᛉᛟᛁᛏ ᛏᛟᛉ ᛟᚲ··

HOOFDSTUK
18

Het eerste wat ik deed was mijn mes
terugstelen van kapitein Kerrn.
En ik jatte er meteen
ook een van haar, want
met twee was ik beter af.
Ik verstopte ze in Rowans
tas, zodat Kerrn, toen ze
me in mijn kraag greep en
me fouilleerde, niets vond.

Terwijl Kerrn woe-
dend weg stampte, met
rook uit haar oren, kwam
Rowan naar me toe. We
hadden de hele dag gereisd;
nadat ik een enorm ontbijt

had gegeten had ik een tijd liggen slapen in de kar met de bagage, zodat mijn schouders en ribben, die nog steeds pijn deden, even wat rust werd gegund. Rowan had op haar paard gereden, tussen Argent en Kerrn in. Nu hadden we ons kamp weer opgeslagen op een open plek.

'Rafi,' zei Rowan hoofdschuddend. 'Je werkt jezelf in de nesten, zo. Je moet iets omhanden hebben.'

Nee, hoor. Ik had genoeg te doen, namelijk naar Dessa reizen.

'En als leider van deze missie heb ik besloten wat dat iets moet zijn.' Rowan sloeg haar armen over elkaar en wierp me haar sluw-slimme blik toe. 'Meerdere ietsen, eigenlijk.'

Ik kneep mijn ogen samen.

'Je hoeft me niet zo boos aan te kijken, jongen,' zei ze. 'Het eerste iets is dat je magister Nimmeral schrijft om hem te vertellen dat je je bij ons hebt aangesloten en dat alles goed met je is.'

Ik schudde mijn hoofd. Als Nimmeral een brief van me kreeg, zou hij die meteen in de open haard gooien.

'Het tweede iets is,' vervolgde Rowan, 'dat je de bediende wordt van Argent.'

'Nee,' zei ik.

'Niemand anders wil je hebben, Rafi. Het is Argent, of niemand.'

'Niemand dan,' zei ik.

Rowan schudde haar hoofd. 'Argent is een heel goede vriend; hij zal je goed behandelen, maak je geen zorgen.'

Argent kwam net langslopen, en ze riep hem. Hij legde het zadel dat hij droeg neer en kwam naar ons toe.

'Ja, lady Rowan?' zei hij, met een kleine buiging van zijn hoofd. Mij negeerde hij.

Rowan glimlachte naar hem. 'Argent, dit is Rafi, je nieuwe bediende.'

'Ik ben het hier niet mee eens, Ro,' zei ik.

'Stil,' antwoordde ze. 'Het is voor je eigen bestwil. Je bent Argents bediende tot we terug zijn in Wellekom.'

Alleen zou ik nooit teruggaan naar Wellekom. Dat wist ik, maar telkens als ik daaraan dacht, kwam er een nieuwe killeraal tot leven in mijn buik. Toen dacht ik aan Bennet, en kwam een heel nest killeralen tot leven. Ik hield me gedeisd.

Argent boog. 'Dank u, lady Rowan.'

'Ik denk dat jullie het goed met elkaar kunnen vinden,' zei Rowan, 'als jullie elkaar de kans geven.' Ze wees naar mij. 'Rafi, als je met ons mee wilt reizen, moet je je wel nuttig maken.'

Argent boog weer, en Rowan liep glimlachend weg.

Heel eventjes haatte ik haar.

Argent keek op me neer langs zijn lange neus. 'Het is me volkomen duidelijk dat je geen echte bediende bent. Je bent smerig, en kapitein Kerrn zegt dat je een dief bent, en je praat als een straatjongen.'

Omdat ik een dief en een straatjongen wás. Domme Argent. Hij zou ook smerig zijn, als hij zes nachten in het struikgewas had geslapen. 'Ik ben jouw bediende niet, Argent.'

Zijn lip krulde. 'Daar lijkt het anders wel op. Dat is het alternatief.' Hij wees op het woud. Ik zou het reisgezelschap moeten verlaten, bedoelde hij, als ik hem niet bediende.

Verdorie.

'Ik zie het als mijn plicht om je betere manieren te leren. Om te beginnen mag je me aanspreken met heer Argent, jongen.'

'En jij mag me aanspreken met Rafi,' zei ik.

Alleen Nimmeral noemde me 'jongen'.

Die nacht sliep ik onder een boom aan de rand van het kamp, gewikkeld in een deken. Het was dat, of een tent delen met Argent, en die snurkte.

Midden in de nacht werd ik wakker.

De wolken waren dunner geworden, de maan scheen er bleekjes doorheen. Het was stil. Geen bladeren die ritselden, geen twijgjes die braken, geen wind door de boomtoppen. De stilte drukte op mijn oren.

Van ver weg hoorde ik een ruisend geluid dat dichterbij kwam, langs de weg, in de richting van Wellekom. Het werd voorafgegaan door een golf stoffige lucht. Kuchend sloeg ik de deken nog wat strakker om me heen, en ik sloop over het natte gras naar de kant van de weg.

Ik kroop weg achter een boomstam en gluurde eromheen. Boven me begonnen de bomen te zwaaien, bladeren werden van hun takken gerukt en wervelden weg in de wind.

Langs de weg kwamen ze aansnellen. Terwijl ik weer achter de boom dook om me te verstoppen, ving ik een glimp op van paarszwart licht en gefladder van zwarte schaduwen, en ik hoorde het geruis dichterbij komen.

Plotseling stopte het geruis, en de nacht werd stiller dan stil. De lucht voelde zwaar, als in een donkere kelder in Wellekom. Om me heen hoorde ik *kling kling* en toen getik op de grond. Bladeren waren in steen veranderd en vielen van de bomen. Vanaf de weg kwam een paarszwarte gloed.

Schimmen.

Ik sloeg mijn armen om me heen en legde mijn hoofd op mijn knieën.

Vanuit het kamp klonk een schreeuw. Eerst een van de bewakers – 'Pas op!' – en toen Kerrn die de rest van de bewakers te wapen riep. Ik hoorde het geluid van zwaarden die getrokken werden en Spits die de lothfalas-spreuk krijste. Maar er was hier geen magie, dus de spreuk werkte niet. Het kamp bleef donker.

'Naar de weg!' schreeuwde Rowan, vanaf haar tent.

Met een plotseling geraas kwamen de Schimmen in beweging. De wind gilde. De bomen schudden. Toen stilte.

Ze waren verdwenen, op weg naar Wellekom.

HOOFDSTUK
19

Weer een dag sjokken en sjouwen door het bos. Iedereen was zenuwachtig, door de Schimmen. Bezorgd omdat ze op weg waren naar Wellekom, en bang dat we zouden worden aangevallen als ze terugkwamen.

Laat in de middag, toen we ons kamp hadden opgeslagen, leidde Rowan Argent en mij naar een kleinere open plek iets verderop. Ze zette haar handen op haar heupen en keek om zich heen. 'We moeten voorbereid zijn als die Schimmen terugkeren. Argent?'

Hij knikte. 'Haal de oefenzwaarden,' zei hij tegen mij. 'Ze zitten bij de bagage.'

'Haal ze zelf maar,' zei ik. Mijn botten deden pijn, na een lange dag lopen.

Hij keek naar Rowan, die haar wenkbrauwen optrok. 'Doe wat hij vraagt, Rafi,' zei Rowan. Ze bukte zich om haar tenen aan te raken, kwam weer overeind en rekte zich uit.

Zwijgend liep ik weg om de oefenzwaarden te halen. Ze waren van hout, en om de grepen zaten stroken leer gewikkeld. Toen ik ze uit een tas haalde, greep Kerrn me bij mijn arm.

'Wat doe je daar, dief?' vroeg ze.

Ik liet haar de zwaarden zien. 'Rowan en Argent gaan oefenen.'

'Aha,' zei ze, en ze liet me los. Ze volgde me naar de open plek.

Ik gaf Rowan de zwaarden, en ze gaf er een aan Argent.

Ik stak de open plek over en leunde tegen een boom, kijkend hoe ze haar armen losschudde, zich voorbereidde. Zwaardvechttraining. Ik had nog nooit iemand zien oefenen. Ik had wel gevechten gezien, soms met zwaarden, maar vaker met gebroken flessen en messen of knuppels, en dan raakte er altijd iemand gewond. Dit kon nog wel eens boeiend worden.

'Goed,' zei Rowan. 'Klaar?' Ze wipte op en neer op de bal van haar voet.

'Klaar,' zei Argent.

'Begin maar.' Ze nam een aanvalshouding aan en tikte tegen zijn houten zwaard. Hij tikte terug, en ze begonnen een bepaald patroon te volgen.

'Kwarten,' zei ze, en het patroon veranderde. 'Nu achtsten,' en weer veranderde het.

Het leek een erg beschaafde manier van vechten. Ik gleed omlaag langs de boomstam en ging op het vochtige gras zitten.

Tik-tak-tik, gingen hun zwaarden. Ik kauwde op een grasspriet en keek naar hun steekspel.

'Genoeg!' zei Rowan na een tijdje. Ze hijgde, een glimlach op haar gezicht. Haar warrige rode haren leken net flakkerende vlammen. Ze keek naar mij.

'Nu is het jouw beurt, Rafi.'

Mijn beurt? Ik spuugde de grasspriet uit en krabbelde overeind.

Rowan gaf me haar oefenzwaard.

'Ik weet niet hoe ik dit moet gebruiken,' zei ik. Het zwaard was zwaar, en de greep voelde warm en zweterig-vochtig. Ik omklemde hem stevig.

'Zelfs tovenaars moeten kunnen zwaardvechten.'

Ze gebaarde dat Argent dichterbij moest komen. 'We zijn de Schimmen al een keer tegengekomen. Argent kan je leren hoe je jezelf kunt redden in een gevecht.'

Maar ik wist al hoe ik mezelf kon redden in een gevecht.

'We beginnen met de basis,' zei Rowan. 'Ga klaarstaan.'

Tegenover me ontblootte Argent zijn tanden, hief zijn zwaard en dook ineen. Hij zag er erg klaar uit. Klaar om me af te maken.

Rowan fronste naar hem. 'Alleen nog maar de eerste positie.'

Argent ontspande zich, een klein beetje. Ik hief mijn

zwaard. Mijn pijnlijke schouder vond dat ik mijn hand moest laten zakken, en mijn ribben protesteerden met felle steken.

'Vertel de dief dat hij op zijn dekking moet letten,' riep Kerrn vanaf de rand van de open plek.

'Ja, let wel op je dekking, Rafi,' zei Rowan achteruit-stappend. 'En ontspan je schouders. Goed, aanvallen.'

Argents zwaard tikte het mijne aan. Ik tikte terug. Hij tikte nog eens, nu wat feller, en ik voelde de trilling door mijn vingers, via mijn arm naar mijn pijnlijke schouder gaan. Zijn ogen vernauwden zich en weer tikte hij, hard genoeg om mijn zwaard opzij te duwen, en toen stak hij de punt van zijn zwaard naar me toe. Ik kromp ineen en voelde de zwaardpunt langs mijn pijnlijke ribben scham-pen. Hij nam de aanvalshouding weer in en kwam op me af. Ik deinsde achteruit.

'Doe je zwaard weer omhoog,' zei Rowan.

'Dit is geen goed idee, Ro,' zei ik. Ik nam het zwaard over met mijn andere hand, aan de kant zonder pijnlijke schouder.

'Nee, dit moet echt,' zei ze. 'Als je weet hoe je met een zwaard moet omgaan, kan dat je leven redden.'

Nee, dat was niet zo. Want ik zou niet eens een zwaard bij me dragen.

Argent kwam weer op me af, soepeltjes bewegend, de punt van zijn zwaard onbeweeglijk. Hij was, besefte ik, een zeer goede zwaardvechter; met Rowan had hij heel beleefd een beetje geoefend, maar met mij was hij iets anders van plan.

Zijn zwaard tikte tegen het mijne. Net als eerder

tikte ik terug. Tik-tik. Tak-tik. En weer viel hij me aan, maar deze keer was ik te langzaam. De botte punt van zijn zwaard knalde in mijn schouder, precies waar het het meeste pijn deed; ik liet mijn zwaard vallen en strompelde naar achteren. Au. Ik wreef over de pijnlijke plek.

'Je zou nu dood zijn,' zei Argent, met toegeknepen ogen.

Rowan, die ons aandachtig had gadegeslagen, pakte het zwaard op en gaf het aan mij. 'En nog eens,' zei ze.

Nee, niet nog eens.

Deze keer, na het tik-tik en het tak-tik, was ik er klaar voor toen Argent aanviel.

Hij sloeg mijn zwaard opzij en kwam als een speer op me af, zijn zwaardpunt op mijn hart gericht.

Ik sprong opzij en gooide mijn houten zwaard zo hard als ik kon naar zijn hoofd. Toen dook ik weg voor zijn zwiepende zwaard en wierp mezelf in een struik aan de rand van de open plek. Mijn trui bleef haken aan de takjes, en de bladeren streken langs mijn gezicht terwijl ik nog dieper wegkroop.

Het gebladerte ritselde; Argent stak met zijn zwaard in het struikgewas. 'Kom eruit!' schreeuwde hij.

Dat kon hij vergeten.

Hij stak weer, dichterbij nu, en toen nog eens. Zijn houten zwaard doorboorde de bladeren naast mijn hoofd; ik greep de botte punt met beide handen beet en trok er hard aan.

Argent schreeuwde toen hij zijn evenwicht verloor en in de bosjes viel. Vloekend en tierend klauterde hij er weer uit.

Ik hurkte neer, zijn zwaard omklemmend. Mijn schouder brandde en klopte waar hij me had geraakt, en mijn ribben staken als vlijmscherpe messen.

Even bleef het stil. Ik verschoof een beetje omdat er een tak in mijn been prikte.

Toen hoorde ik Rowan rustig tegen Argent praten.

'Goed dan,' bromde hij.

Nu sprak ze luider, en ik hoorde dat ze probeerde haar lachen in te houden. 'Je kunt nu weer tevoorschijn komen, Rafi.'

Ze had hem dus gekalmeerd. Ik duwde de takken opzij, kroop uit de struik en kwam overeind. Argent stond me met zijn armen over elkaar woedend aan te kijken. Hij had een bloederige haal op zijn gezicht en bladeren in zijn haar. Ik keek net zo woedend terug. Mijn schouder deed pijn. Rowan ging tussen ons in staan, een grijns onderdrukkend.

'Het zwaard, Rafael?' zei ze, haar hand uitstekend. Kerrn stond te glimlachen aan de rand van de open plek.

Ik besefte dat ik het zwaard nog omklemde, klaar om het naar Argent te smijten als hij me weer aanviel. Ik ontspande mijn greep en gaf het aan haar. Zij gaf het op haar beurt aan Argent.

'Dank u, lady Rowan,' zei hij, mij nog steeds boos aankijkend.

'We moeten dit morgen nog maar eens proberen,' zei Rowan.

Argent en ik staarden haar alle twee aan.

Ze glimlachte. 'Ik denk dat jullie een hoop van elkaar kunnen leren.'

HOOFDSTUK
20

Weer een dag reizen. Terwijl we voortgingen, ik zoals gewoonlijk achteraan, werden de bomen steeds kleiner en stonden ze steeds verder uit elkaar. Ten slotte lieten we het woud achter ons en bereikten we een enorme vlakte met hoog opgeschoten, wuivend bruin gras, zo ver het oog reikte.

Vogels buitelden door de lucht en gingen op de doorbuigende grashalmen zitten om te zingen; overal klonk het krrr-krrr-krrr van insecten. De wolken waren verdwenen, en

de hemel was als een enorme blauwe koepel die reikte tot het einde van de wereld. Ik stopte telkens om over mijn schouder te kijken of ik niet door iets werd beslopen in het hoge gras. Het was hier te open, zo zonder bomen en gebouwen.

Na het eten sjokte ik op en neer met emmers water uit een beekje voor Argents paard en hielp ik om onze tent op te zetten en de bedden klaar te maken. Ik deed de afwas en poetste elk stofje van Argents zadel. Vervolgens nog meer zwaardvechtles.

We oefenden op een stukje platgetrapt gras, terwijl Kerrn en een paar van haar bewakers toekeken en Rowan ons vertelde wat we moesten doen.

Nadat Rowan en Kerrn me hadden toegeschreeuwd dat ik op mijn dekking moest letten, en Argent me vijf keer in mijn ribben had gepookt, besloten ze dat ik wel genoeg op mijn donder had gehad. Dus mocht ik de zwaarden weer gaan opbergen, meer water voor de paarden halen en Argents laarzen schoonmaken. En daarna moest ik de brief aan Nimmeral schrijven, zei Rowan.

We zaten op vouwstoelen aan een klaptafel in Rowans tent met een kaars en een flesje inkt tussen ons in. Ze tuurde op haar papier en maakte snel, in keurige rechte regels, wat notities in haar dagboek.

Ik zat daar maar met het blanco papier voor mijn neus.

'Schrijven, Rafael,' zei Rowan, zonder op te kijken.

Goed dan. Ik doopte het metalen puntje van de pen in de inkt.

Beste Nimmeral...

Nee, zo kon ik mijn brief niet beginnen. Ik scheurde de beschreven strook papier af en begon opnieuw.

Aan meester Nimmeral...

Stom. Nu ik weg was uit Wellekom, was hij mijn meester niet meer, toch? Ik scheurde weer een stuk papier af en probeerde het nog eens.

Aan Nimmeral

Ik keek ernaar. Een goed begin. Maar mijn hand- schrift was vreselijk. Nimmeral ergerde zich altijd wild als hij mijn handschrift niet kon lezen. Weer scheurde ik een strook papier af.

Inktvlekken. Slordig. Papier afscheuren, opnieuw beginnen.

Aan Nimmeral, schreef ik. Wat nu?

Verdorie. Ik had geen papier meer.

Ik legde de pen neer, leunde achterover en keek naar het glooiende witte dak van de tent. De kaarsvlam flak- kerde. Rowans pen kraste over het papier, *skrrrt skrrrt*. Toen stopte het.

'Je schiet niet erg op,' zei ze, en ze legde een nieuw vel papier voor me neer.

Ik wilde mijn schouders ophalen, maar dat deed te veel pijn.

'Ik weet zeker dat magister Nimmeral een brief van je wil krijgen, Rafi. Anders gaat hij zich zorgen maken.'

Daar was ik helemaal niet zo zeker van.

Na een korte stilte ging Rowan weer verder met haar dag- boek, en ik keek hoe de schaduwen over het tentdak dansten.

'Schiet eens op,' zei Rowan, terwijl ze haar papier omdraaide.

Goed dan. Ik pakte mijn pen en ging weer aan de slag.

Aan Nimmeral.

Rowan vroeg me je te schrijven. Ik heb me bij haar gezantschap naar Dessa aangesloten. Het gaat heel goed met me.

Ik hoop dat Bennet beter is. Doe hem alsjeblieft de groeten en zeg hem dat ik hem mis en dat alles goed met me is.

Het spijt me heel erg, Nimmeral.

Groeten,

Rafael

We staken de grasvlakte over, onder de blauwe hemel-koepel.

Met het woud hadden we ook de regen achter ons gelaten. De lucht was hier droger en warmer. De weg bestond uit een karrenspoor met een strook gras in het midden.

Midden op de dag kwam Kerrn van haar paard af, vlak naast een van de wagens, en gaf de man op de bok haar teugels. Terwijl de wagen en het paard verdergingen, wachtte ze tot ik bij haar was. Ze had haar zwaard in haar hand.

Ik stopte midden op de weg. Wat was Kerrn van plan? Ze ging me toch niet aanvallen met dat zwaard? Of me vastgrijpen en fouilleren? Mijn mes zat in mijn jaszak en haar mes zat in mijn schoen verstopt. Ik veegde met mijn mouw het stof uit mijn ogen, klaar om ervandoor te gaan.

'Je moet niet toelaten dat heer Argent riposteert,' zei ze.

Riposteert?

'Toen hij je zwaard opzij duwde en je raakte met het zijne. Riposteren.'

O. Ze wilde over zwaardvechten praten.

'Ik zal je wat laten zien.' Ze hield het zwaard omhoog; het glom in het zonlicht. 'Op je dekking letten betekent dat je je arm en hand zo moet houden.' Ze zocht een stukje harde ondergrond, in een van de karrensporen, en deed het voor.

Ik knikte. Waarom vertelde ze me dit?

'Nu jij,' zei ze. Ze gaf me haar zwaard. Het was zwaarder dan de houten exemplaren waarmee we hadden geoefend.

Ik ging staan zoals ze me had laten zien, met mijn arm omhoog. Het stof van de wagen en de paarden daalde langzaam neer.

'Bij de eerste les zag ik dat je begon met je rechterhand en toen wisselde naar links,' zei Kerrn. 'Dat was niet goed. Je moet je zwaard in je rechterhand houden.'

Ik schudde mijn hoofd.

'Waarom niet? Dat is makkelijker voor je.'

Ik gaf haar het zwaard terug en begon weer te lopen, om de wagen in te halen. 'Ik heb mijn schouder en ribben aan die kant bezeerd,' zei ik.

Kerrn, die naast me was komen lopen, haalde haar schouders op. 'Zo hard raakte hij je niet.'

'Niet Argent,' zei ik. 'Dat is gebeurd in Wellekom.'

Ze kneep haar ogen samen. 'Je hebt je dus weer in de nesten gewerkt in Wellekom. Wat heb je gedaan?'

Ik gaf geen antwoord. Ze zou het snel genoeg horen. Zodra Rowan een brief van haar moeder kreeg, vermoedde ik.

Toen ze zag dat ik haar niets zou vertellen beende Kerrn terug naar de wagen, pakte haar paard en reed terug naar de kop van de groep.

Die avond na het eten, toen het tijd was voor mijn zwaardvechtles en Rowan het oefenzwaard naar me uitstak, stapte Kerrn naar voren en nam het aan.

En toen gaf ze Argent een enorm pak op zijn donder.

Brief van voormalige leerling. Bijna in de open haard
gegooid. Zou het hebben gedaan, maar Bennet was bij
bewustzijn. Vroeg waarom Rafi hem nog niet had bezocht.
Vertelde dat jongen naar Dessa is.

　　Bennet vroeg – Komt hij nog terug, meneer?

　　Vertelde hem over ballingschap.

　　Bennet zei niets meer.

　　Aanvallen van Schimmen gaan door, erger dan eerst.

　　Helft van fabrieken in Schemering gesloten. Ochtendgloren 's nachts potdicht. Toch verdwijnen er mensen.
Bericht van kapitein Farn, Kerrns vervanger, dat versteende lichamen zijn gezien in boot op rivier die onder
Nachtbrug doorging.

　　Ging vanmorgen naar buiten, zwarte vogels kwamen
op mijn schouders zitten en trokken met snavel aan mijn
baard. Vreemd gedrag voor vogels. Ze leken de jongen altijd
wel te mogen. Misschien missen ze hem.

HOOFDSTUK 21

indelijk, na een nacht in een herberg bij een kruispunt en nog drie hete, stoffige dagen in de woestijn, bereikten we de stad. We stegen steeds verder
omhoog, trokken door een pas en om een kleine berg
heen, en daar lag het, Dessa.

Ik bleef staan om naar de stad te kijken, terwijl de rest
van het gezelschap verderging. Midden in Dessa, op de

top van een heuvel, stond een glimmend wit paleis in de vorm van een ster. De hellingen van de heuvel waren volgebouwd met rechthoekige huizen van roze baksteen. Uit duizenden schoorstenen stegen wolkjes witte en grijze rook de onbewolkte hemel in. De stad werd omringd door een lage stenen muur, en daarbuiten dorre akkers en velden. Alleen aan de andere kant van de stad waren geen velden, maar was de grond zwartgeblakerd, met overal grote gaten en roestige machines. Wat was dat? Had daar een explosie plaatsgevonden?

Nee, het was een mijn, besefte ik. Een sluipzilvermijn.

Ik volgde het gezantschap de stad in. Dessa blikkerde van het felle zonlicht dat weerkaatste in de roze geverfde muren van de huizen. De hoofdstraten waren breed, met aan weerskanten kraampjes met verschoten, rafelig doek, en ze stonden vol met kleine, wollige paardjes en honden en mensen die ons aanstaarden en snel wegkeken als we terugstaarden. We kwamen langs lege fonteinen bedekt met gebarsten, kleurige tegels en hoge bomen met kale stammen en alleen bovenin wat dunne, dorre bladeren. Het rook naar kruiden en hete baksteen. Vanaf de hoofdstraten leidden nauwe, schaduwrijke steegjes dieper de stad in. De magie van Dessa gonsde in mijn oren, een nauwelijks hoorbaar geluid, als het gezoem van een mug. De magie voelde hier dun en zwakjes, niet zoals de warme, beschermende magie van Wellekom.

Op de een of andere manier raakte ik de rest van het gezelschap kwijt. Ik stond te kijken naar een kleine hagedis op een witgekalkte muur, en zij waren verdergegaan over de weg. Snel liep ik ook door, om me heen speurend, tot ik ze weer had gevonden op het plein voor het witte paleis.

Een bediende leidde ons naar binnen.

Vanuit het felle licht op het plein gingen we door een poort een lange, koele gang in met een gewelfd plafond, en toen een binnenplaats op vol cactussen en roze rotsblokken. Ook was er een fontein waaruit het water omhoog spoot en weer neerkletterde in een groot, betegeld bassin. Vast een goede plek om je 's morgens te wassen. De bediende leidde ons weer naar binnen, en toen een smalle, witgekalkte trap op.

Hij bracht ons naar onze kamers. Die hadden hoge plafonds en luiken voor de ramen, die hij meteen opengooide. De ramen keken uit op de stad en lieten het licht van de ondergaande zon binnenstromen. Alweer zo'n hagedis zat met zijn plakpootjes op de muur, naast de deur.

'Goed!' zei de bediende, in zijn handen klappend. Er verschenen nog meer bedienden, gekleed in witte gewaden. De hagedis scharrelde ervandoor. 'Jullie zijn vast moe van de reis! Neem wat rust, fris je wat op, kleed je om, en dan zullen jullie worden ontvangen door heer Jagos zelf!'

Rowan Hinderling

We hebben onze intrek genomen in het prachtige,
luxueuze paleis van heer Jagos. Argent, magister Spits
en ik hebben hem de dag nadat we in Dessa aankwa-
men gesproken. De heerser van de stad ontving ons met
alle egards in een koele zitkamer vol groene planten en
comfortabele stoelen. In een hoek lag een berg kussens
die bedekt was met wat leek op een deken van bont.
Toen ik beter keek besefte ik dat het witte katten waren
met felle roze ogen en lange, kronkelige staarten. We
dronken koude thee uit zilveren bekers en aten pruimen
en zoete cake.

Heer Jagos lacht heel veel, en hij is jong, slechts een
jaar of twee ouder dan Argent. Zoals zo veel mensen
in Dessa draagt hij zijn haar in een aantal lange
vlechten die in lussen zijn opgestoken boven op zijn hoofd
en dan zijn omwikkeld met doorzichtige stof. Hoewel hij
zo jong is, is zijn haar wit, net als zijn vreemde katten.
Zijn ogen zijn blauw en heel helder; hij draagt een lange
mantel die is geborduurd met zilver- en gouddraad. Hij
heeft een soort onderdrukte energie. Misschien omdat

hij een tovenaar is. Rafi is net zo, alsof hij elk moment kan ontvlammen.

Toen ik hem vroeg naar de kleine hagedissen die je overal in de stad ziet, trok hij een grimas. Vreselijke beesten, zei hij. Toen keek hij naar zijn berg katten en glimlachte.

Ik probeerde heer Jagos te vragen naar problemen met de magie, maar hij zei glimlachend dat we pas ernstige kwesties gingen bespreken nadat hij ons fatsoenlijk welkom had geheten.

Daarmee bedoelt hij dat hij over een paar dagen een groot feest met bal en diner voor ons organiseert. Ik vraag me af of hij me met opzet aan het lijntje houdt. Ondanks zijn o zo vriendelijke ontvangst vertrouw ik hem niet. Hij is heel oppervlakkig, zonder inhoud, en zijn katten staan me niet aan.

Ik vrees voor Wellekom, maar ik moet het spel meespelen, voorlopig.

HOOFDSTUK 22

Ik bleef op Argents kamer en las twee van zijn boeken en at pruimen en dronk koude thee. Het ene boek ging over paarden en het andere over zwaardvechten.

Ik dacht niet dat je veel kon leren over paarden en zwaardvechten door erover te lezen. Maar ik had niets beters te doen. Lezen was beter dan aan Hartenlust denken en Nimmeral missen en me zorgen maken om Bennet, en er misselijkmakend zeker van zijn dat ik nu officieel verbannen was door de magisters, en me afvragen of de Schimmen Wellekom al hadden bereikt. Ik was in Dessa, maar wat moest ik hier doen, van de magie van Wellekom?

Na een paar dagen werden Rowan en Argent uitgenodigd voor een feestelijk bal.

Terwijl ze dansten op Dessa-muziek en praatten met de tovenaar-koning, die erg veel glimlachte, leunde ik tegen een muur in de gang buiten de balzaal en keek naar de vloer. Die was bedekt met kleine gekleurde tegels die de afbeelding van een draak vormden, net als de draak op mijn schilderij in mijn werkkamer op Hartenlust.

Mijn werkkamer op Hartenlust voordat ik het had vernietigd.

De draak was gemaakt van vlammend oranje tegels met zachter gele tegels op zijn buik en een felrood glazen oog. Hij had een lange, kronkelige hals en zijn vleugels zaten op zijn rug gevouwen. De draak op mijn schilderij was zwart geweest, maar misschien had hij alleen zwart geleken omdat hij bedekt was met roet en vuil. Ik herinnerde me wat Nimmeral me over draken had verteld. *Die zijn uitgestorven, jongen. Dus je zult nooit een draak te zien krijgen.*

Mijn maag rommelde, omdat ik geen avondeten had gehad, en ik was de pruimen zat. Een van de kleine hagedissen kroop als een spin over de muur en ging in een hoekje zitten. Die hagedissen zag je overal. Misschien waren ze net als de zwarte vogels van Wellekom, en hielden ze de boel in de gaten voor de magie van de stad.

Na een tijdje kwam Rowan de balzaal uit, hand in hand met Argent. Rowan lachte, wierp hem haar sluw-slimme zijdelingse blik toe en zei iets – ze vroeg hem of hij een frambozensorbet voor haar wilde halen. Hij boog en liep weg. Ze droeg een jurk van groene zijde. Haar rode haar was keurig gekamd in een zijscheiding, en ze droeg een tiara met gepolijste grasgroene edelstenen en diamanten, gevat in zilverdraad.

Rowan keek op en zag me tegen de muur leunen. 'Hallo, Rafael. Waarom verstop je je hier in de schaduw?'

'Hallo, Ro,' zei ik. 'Mooie tiara.'

Ze wierp me een snelle blik toe. 'Natuurlijk is hij mooi. Hij is gemaakt van edelstenen en zilver; het verbaast me niets dat jou dat opvalt.' Ze kwam wat dichterbij. 'Weet je nog, het bal in het Dageraadpaleis? Toen je je locus magicalicus stal uit de ketting van mijn moeder?' Ze glimlachte.

Ik haalde mijn schouders op. 'Ro, ik ga heus jouw tiara niet stelen.'

'Dat weet ik, Rafi.'

Ik bleef tegen de muur aan leunen. Uit de balzaal klonk muziek, en de geur van kruiden dreef op de warme lucht naar buiten.

Rowan tikte met haar voet op de drakentegels. 'Kun je dansen?'

'Nee.'

'Als onderdeel van mijn opleiding tot diplomaat heb ik de dansen van andere steden geleerd.' Ze maakte een paar danspasjes, op de maat van de muziek. 'Zal ik het je leren?'

Ik schudde mijn hoofd.

'Hm.' Ze sloeg haar armen over elkaar en bekeek me

van top tot teen. 'Volgens mij heb je heimwee.'

Dat klopte. Het verdriet, omdat ik Nimmeral en Bennet miste en de warme keuken van Hartenlust, borrelde in me op. Ik keek naar de vloer en probeerde de tranen uit mijn ogen te knipperen.

Rowan liep naar het midden van de gang en bleef op de kop van de draak staan. Ze stak haar hand uit. 'Dan leer ik je een dans uit Wellekom. Lijkt dat je wat?'

Ik slikte mijn heimwee weg en duwde mezelf van de muur af. 'Goed,' zei ik. Ik pakte Rowans hand; die was eeltig, omdat ze zo vaak een zwaard omklemde, en sterk. 'Wat moet ik doen?'

Ze pakte mijn andere hand en legde die op haar middel; toen liet ze haar hand op mijn schouder rusten. 'Dit is de dans die we met een partner doen, als er een bal is in het Dageraadpaleis. De kleinste partner leidt,' zei ze. 'Dat ben jij dus, in dit geval.'

'Nee, hoor,' zei ik.

Ze stapte uit mijn omhelzing en keek me recht in mijn ogen. Toen pakte ze mijn hand. 'Goed dan. Eerst stap je naar voren, met je voorste voet.' Ze liet een van haar voeten naar voren glijden, en ik deed hetzelfde. 'En nu kruisen en dan een-twee-drie.'

Ik probeerde het te volgen, maar ik was er niet zo goed in, en het was niet de juiste muziek.

Rowan wierp me een strenge blik toe. 'Ik leid, Rafael.'

Op dat moment kwam Argent terug met de sorbet. 'Lady Rowan?' vroeg hij. Zijn stem had een scherp randje. Scherp genoeg om brood mee te snijden, op zijn minst.

Rowan liet me los; ik veegde mijn zweterige handen aan mijn hemd af.

'Hallo, Argent,' zei Rowan opgewekt. Ze klopte me vriendelijk op mijn schouder. 'Bedankt voor deze dans, Rafi.' Ze draaide zich om naar Argent en glimlachte hem toe, terwijl ze het sorbetschaaltje en de zilveren lepel van hem aannam.

Terwijl ze terugliepen naar de balzaal wierp Argent me over zijn schouder een boze blik toe.

Ik bleef nog een tijdje naar de muziek staan luisteren en ging toen naar boven, naar Argents vertrekken. Daar was het donker, dus liep ik naar het raam en opende de luiken. Buiten hing een enorme, heldere maan, die de roze gebouwen van de stad deed glanzen in het duister. Het maanlicht stroomde de kamer binnen. Zo helder dat je erbij kon lezen. Ik pakte een boek, schoof de tafel naar het raam en ging zitten.

Een tijdje zat ik daar naar het boek te kijken, zonder erin te lezen. Een hagedis kroop op de bladzijde die ik voor me had en bleef daar roerloos zitten. De maan klom hoger. Een koele bries kwam door het raam naar binnen. Van beneden hoorde ik gelach en muziek.

Ik moest bedenken wat ik ging doen. Eigenlijk wilde ik alleen maar terug naar Wellekom om Nimmeral te helpen met de Schimmen, maar de magie zou me niet laten terug-keren voordat ik had gedaan wat ik hier geacht werd te doen. Ik legde mijn hoofd op mijn armen om erover na te denken.

Na een tijdje klonk er gefladder bij het raam. Ik hief mijn hoofd en zag een zwarte vogel, nog zwarter dan de nacht, op de vensterbank landen. Het maanlicht glom op zijn vleugels. Hij hield zijn hoofd schuin en keek me scherp aan. Toen keek hij naar het boek, waar de hagedis zat.

'Hallo,' zei ik, met mijn mouw in mijn ogen wrijvend.

De vogel vouwde zijn veren weg en hupte naar binnen. Het leek dezelfde vogel die me had gevolgd in Wellekom. Maar wat deed hij hier?

'Ben jij het?' vroeg ik.

Hij hupte dichterbij, en ik zag dat er een kokertje aan zijn poot zat vastgebonden. De vogel bleef netjes stilstaan terwijl ik het kokertje losmaakte. Er zat een opgerold papiertje in.

Een brief.

Mijn handen begonnen te trillen. Hij was voor mij, en hij was van Nimmeral.

Rafael,

Ik heb je brief ontvangen.

Je vroeg naar Bennet. Hij is beter, maar hij heeft nog steeds hoofdpijn en zijn arm is nog niet genezen. Bennets herstel is geen excuus voor wat je hebt gedaan, maar de magisters denken daardoor wel iets minder slecht over je. Zoals je waarschijnlijk al had verwacht, ben je officieel verbannen. Je mag pas weer terugkeren in de stad als de ballingschap is opgeheven.

Hier kun je dus niet terugkomen, maar je kunt Wellekom wel dienen. De Schimmen blijven ons aanvallen, erger dan eerst, en de mensen zijn bang. We kunnen alle hulp gebruiken. Rapporteer wat je hebt ontdekt over de Schimmen, over de staat waarin de stad Dessa verkeert en over de magie daar, en over de onderhandelingen die lady Rowan voert met de tovenaar-koning, over hoe Jagos de magie gebruikt. Als je deze brief hebt ontvangen, betekent het dat mijn poging met de vogel succes heeft gehad. Ik verwacht minstens elke vijf dagen een brief van je, verzonden met de vogel.

– Nimmeral

Ik streek het papier glad op het tafelblad en las de brief nog eens. In het maanlicht zagen de letters er duisterzwart uit op het witte papier. Bennet was beter, zei hij. Een groot deel van de leegte vanbinnen loste op.

Rapporteer wat je hebt ontdekt, had Nimmeral geschreven. Maar ik had nog niets ontdekt. Ik had het zo druk gehad met me verdrietig voelen dat ik niet had opgelet. Hoe had ik zo stom kunnen zijn?

HOOFDSTUK
23

Ik besloot meteen dingen voor Nimmeral te gaan ont-dekken. Als ik een locus magicalicus had gehad had ik de embero-spreuk gedaan om mezelf in een kat te ver-anderen, want als kat was ik een uitstekende spion. In plaats daarvan trok ik mijn zwarte trui aan, omdat het kouder was geworden, en trok ik mijn schoenen uit. Ik liet de vogel, die op de vensterbank zat, samen met de hagedis achter en sloop de donkere gang in en de trap af naar beneden.

Ik had geluk. Het bal liep net ten einde. In de balzaal stond de tovenaar-koning in de brede deuropening zachtjes te praten met een andere man. Drie bewakers wachtten op Jagos. Stijf als poken stonden ze daar in lange witte jassen met rode biesjes en witte broeken met rode laarzen. En met zwaarden. Ze stonden achter Jagos, dus kon ik ze goed bekijken terwijl ik op de gang zat weggedoken in de schaduw.

De tovenaar-koning droeg zijn locus magicalicus niet aan een ketting, boven zijn kleren. Zijn ene hand had hij in de zak van zijn lange witte mantel gestoken. Misschien zat zijn steen daarin. Als ik voorbij de bewakers kon komen zou het niet moeilijk zijn om hem te rollen en zijn locus magicalicus eens goed te bekijken.

Vanuit de deuropening keek Jagos mijn kant op, en ik versteende tot hij weer wegkeek. Hij had me niet gezien.

Hij beëindigde zijn gesprek met de andere man, en ik kroop voorzichtig achter een enorme aardewerken pot toen hij passeerde in de gang, gevolgd door zijn drie bewakers. Stil als een kat sloop ik achter ze aan, van schaduw naar schaduw. Steeds dieper gingen ze het paleis in, tot ze bij een roodgeverfde deur met een koperen slot kwamen.

Jagos opende de deur met een sleutel die hij uit zijn zak haalde. Het klonk als een drievoudig draaislot met dubbele kartels. Dat was vreemd.

Aan Nimmeral,.
Ik ben heel blij dat Bennet beter is. Zeg hem alsjeblieft dat het me spijt.

Je zei dat ik zo veel mogelijk moet ontdekken en aan
jou moet rapporteren en je elke vijf dagen een brief moet
sturen, dus dat zal ik doen. Wellekom is heel ver weg.
Ik vraag me af hoe die vogel zo snel op en neer kan
vliegen. Misschien heeft hij een stukje magie in zich.

Er is iets vreemds met de tovenaar-koning. Misschien
heeft hij de Schimmen naar Wellekom gestuurd, maar ik
weet het niet zeker. Het gekke is dat zijn vertrekken zijn
afgesloten met een slot.

Nimmeral, een tovenaar zou toch een toverspreuk
gebruiken om zijn kamer af te sluiten, en vooral zijn
werkkamer? Net zoals jij een spreuk gebruikt om je
spreukenboek af te sluiten en zoals de magisters spreuken gebruiken om de hekken naar de eilanden op slot te
doen?

Hij draagt zijn locus magicalicus niet aan een ketting,
zoals Pettivox deed. Ik vraag me af of hij hem eigenlijk
wel bij zich heeft. Ik zal proberen daarachter te komen.
Zijn vertrekken zijn afgesloten met een puzzelslot, maar
ik kan daar wel binnenkomen, als ik weet wanneer hij
weg is.

Dat is alles wat ik tot nu toe heb kunnen ontdekken,
maar ik zal zo goed mogelijk om me heen blijven kijken,
en dan zal ik je schrijven om het te vertellen.
Groeten,
Rafael

Rowan Hinderling

Ik raak gefrustreerd van de tovenaar-koning. Hij is gastvrij en vriendelijk, maar op geen enkele vraag die ik hem stel geeft hij duidelijk antwoord. Magister Spits zegt dat heer Jagos al zijn vragen over de magie van Dessa heeft beantwoord. Dat betekent dat Spits ervan overtuigd is dat onze gastheer niet degene is die de Schimmen naar Wellekom heeft gestuurd.

Ik begin steeds meer in te zien dat Spits een dwaas is. Ik kan nergens zeker van zijn, tot ik bewijs heb. De vraag is, hoe kom ik daaraan?

Vandaag ontving ik een pakket brieven van moeder. Ze vraagt of het al vordert met onze gesprekken met heer Jagos, en beschrijft de recente aanvallen van de Schimmen in Ochtendgloren. Ze schreef ook dat zij en de magisters Rafi officieel hebben verbannen, en dat betekent dat hij niet terug kan naar Wellekom tot de ballingschap weer is opgeheven. Ik vermoedde al dat er iets was gebeurd waardoor hij gedwongen was te vertrekken, maar ik wist niet dat het zo erg was: Hartenlust vernietigd, Nimmerals knecht zwaargewond, de magisters in rep en roer. Moeder vond dat ik niet

had moeten toelaten dat Rafi zich bij ons aansloot en dat ik hem weg moet sturen, nu we Dessa hebben bereikt.

Ik pieker er niet over haar te gehoorzamen. Hartenlust was al half een ruïne. Rafi heeft alleen afgemaakt wat magister Nimmeral zelf twintig jaar geleden was begonnen. Heeft niemand daaraan gedacht? En hoewel het vreselijk is dat er zo veel schade is aangericht, bewijst het wel overduidelijk wat Rafi al de hele tijd beweert: dat hij magie kan bedrijven met behulp van vuurwerk. En dat betekent dat hij misschien ook gelijk heeft over de magie zelf. Ik krijg de indruk dat ze hem verbannen hebben omdat zijn ideeën gevaarlijk zijn en omdat ze bang zijn.

Geen wonder dat hij zo stil was. Hij is altijd rustig, maar sinds hij zich bij ons heeft gevoegd heeft hij nauwelijks iets gezegd. Ik dacht dat hij gewoon knorrig was, maar ik had moeten zien dat hij doodongelukkig was. Ik voel me een slechte vriendin, omdat ik dat niet eerder heb beseft.

Ik ben hem meteen gaan zoeken, maar hij is nergens te bekennen. Argent zegt dat hij 's avonds laat terugkomt om te slapen, voordat hij er weer tussenuit knijpt. Ik zal ook aan Kerrn vragen of ze weet waar hij is, want ik vermoed dat zij, als kapitein van de wacht, Rafi goed in de gaten houdt.

HOOFDSTUK 24

De volgende avond, nadat het gebruikelijke feestmaal was beëindigd en de rust in het paleis was weergekeerd, zat ik op de gang bij de vertrekken van Jagos in de schaduw van een enorme aardewerken pot en probeerde niet in slaap te vallen. Uren eerder was hij naar binnen gegaan. Een olielampje brandde zachtjes naast zijn deur.

Aan het andere uiteinde van de donkere gang maakte een stuk duister zich los uit de schaduwen en hupte over de vloer naar me toe.

Ik ging rechtop zitten, knipperde met mijn ogen en zag dat het de zwarte vogel was. Er zat een kokertje aan zijn poot, en het kokertje ging tik-tik-tik tegen de vloer bij elk sprongetje dat hij maakte.

Terwijl ik Jagos' deur in de gaten hield, liep ik naar de vogel, pakte hem op en droeg hem mee naar mijn schuilplaats. Hij liet toe dat ik het kokertje van zijn poot haalde. Een brief van Nimmeral.

Rafael,

Ik ken je goed genoeg, jongen, om je vage bewoordingen
te doorgronden. In je brief schreef je dat je 'zult proberen
erachter te komen' of Jagos zijn locus magicalicus bij zich
draagt. En 'dat je daar binnen kunt komen', in zijn werkkamer.
Je bedoelt dat je hem gaat rollen, jongen, en dat je het slot van
zijn werkkamer gaat kraken. Dat is veel te gevaarlijk. Als je
betrapt wordt heeft lady Rowan geen reden om je te beschermen want ze weet nu dat je bent verbannen, en van hieruit
kan ik niets voor je doen. Ook weet je wat het effect is van
kwaadaardige magie op een locus magicalicus. Je herinnert je
vast nog die keer dat je in de collectie locus-stenen van mijn
familie snuffelde en toen de steen aanraakte van mijn oudtante
Alwae. Die maakte je ziek, weet je nog? Als Jagos degene is
die de Schimmen creëert, is zijn steen nog boosaardiger dan die
van Alwae.

   Wees voorzichtig, jongen, doe geen stomme dingen.
   De situatie in Wellekom wordt met de dag erger. Ik reken
op je informatie.
– Nimmeral

· ᛉᚩᛏᛖ ᛗᛗ ᛏᛁᛗᛏ ᛏᛖᚳᛗᚢᚱ⸪ ᚴᛟᛉᚷᛗᛏ⸪

Dat was geen erg nuttig advies. Ik zou niets ontdekken door alleen maar toe te kijken. Toch bleef ik de werkkamer van Jagos de rest van de nacht in het oog houden. Tegen de muur geleund in de stille duisternis dacht ik na over Nimmerals brief. Hij had me 'jongen' genoemd. Misschien was hij niet meer zo heel boos op me. En hij klonk bezorgd. Hij hoefde zich geen zorgen te maken; ik zou niet betrapt worden op zakkenrollen of het kraken van een slot. En wat bedoelde hij met de situatie in Wellekom? Het ging om de Schimmen, zeker weten, maar wat deden die dan?

Vlak voor het licht werd kwam Jagos uit zijn werkkamer. Hij stapte naar buiten, speurde in beide richtingen de gang af, maar zag me niet, in mijn schuilplaats. Toen draaide hij zich om, om het slot dicht te klik-klakken, en liep hij geruisloos weg. Ik wilde hem al volgen toen iets mijn aandacht trok.

Iets op de vloer bij de werkkamer. Het lichtte een beetje op. Ik knielde neer en keek ernaar.

De omtrek van de hak van zijn schoen, zwartpaars en gloeiend. Na een ogenblik loste het sissend op in wat scherpe rook.

Zwartzilver.

De volgende avond besloot ik om tijdens het diner een kijkje te nemen in de kamer van Jagos terwijl hij weg was, om te zien wat er daarbinnen was.

Nadat hij zijn werkkamer had verlaten klik-klakte ik het slot open, sloop naar binnen en sloot de deur weer achter me. De olielampen brandden nog, maar waren laag gedraaid, waardoor de kamer vol schaduwen was en het licht zachtjes blonk op de goudkleurige gordijnen en de mozaïektegels. Maar in al die luxe was ik niet geïnteresseerd.

Ik sloop door de vertrekken, maar vond niks, tot ik bij de bibliotheek kwam.

Hier bevond zich de schat van Jagos. Ik pakte een lantaarn en bekeek de planken vol boeken en documenten en in leer gebonden verhandelingen. Hij had boeken vol met het krullerige schrift van Dessa. En hij had een kopie van Jaspers' beide geschriften over vuurwerk, geschreven in de runen die we ook in Wellekom gebruikten.

Ik kon snel lezen. Het zou maar even duren, en hij zou weg zijn tot het weer licht werd. Ik pakte Jaspers' verhandeling van de plank, zocht een woordenboek en ging met de lantaarn aan de lange tafel zitten die midden in de kamer stond, tussen de rijen boeken.

Een tijd later keek ik op omdat ik het geruis van kleding en het zachte geschuifel van een pantoffel op het tapijt hoorde. Iemand was achter me komen staan en keek mee over mijn schouder.

'Aha. Kennelijk heb ik de deur niet op slot gedaan!' zei hij.

Jagos, besefte ik. Verdorie. Waarom had ik hem de bibliotheek niet binnen horen komen? Waarschijnlijk had hij een geheime ingang. Mijn nekharen kwamen overeind. Hij wist heel goed dat hij de deur wel op slot had gedaan.

'Wat ben je aan het lezen?' vroeg hij. Hij sprak met een vreemd accent, bijna alsof zijn tong een mes was dat de woorden sleep zodat ze scherp en snedig klonken.

Ik draaide het boek om en liet hem de titel zien die in goudkleurige letters op de omslag stond.

'Aha!' De tovenaar-koning stapte opzij, zodat hij me beter kon zien en ik hem kon zien. Hoewel hij moest weten dat ik het slot had gekraakt om binnen te komen, glimlachte hij. Om te doen alsof hij mijn vriend was. 'Ben je geïnteresseerd in vuurwerk?'

'Ja,' zei ik.

Hij boog zich voorover en tikte op het boek. Zijn vingernagels waren goud gelakt. 'Dit is de tweede verhandeling van Jaspers. Mijn persoonlijke, zeldzame exemplaar. Heb je de eerste verhandeling gelezen?'

Ik knikte.

'En ik neem aan dat je ook het boek van Pratter hebt gelezen?'

Ik knikte weer.

'Hm. Wie ben je eigenlijk?'

'Ik ben Rafi,' zei ik. Het had geen zin om erover te liegen.

'Ah.' Hij legde zijn vinger tegen zijn lippen en wees toen naar mij. 'Een waarachtige naam, die betekenis heeft voor de magie. Een zwarte vogel.'

Die betekenis heeft voor de magie, had hij gezegd. Wist hij dat de magie een levend wezen was, net zoals ik dat wist, en dat spreukwoorden haar taal waren?

'Hier in Dessa betekent Rafi ook zwarte schaduw,' zei hij.

Ik knipperde met mijn ogen.

'Veel woorden hebben een dubbele betekenis, waardoor we twee verschillende dingen bedoelen als we ze gebruiken.' Hij glimlachte, en toen hij dat deed, besefte ik dat hij niet veel ouder was dan ik, hoewel zijn haar wit was. 'Je doet me ook wel denken aan een zwarte schaduw,' zei hij.

Ik bekeek mezelf. Ik droeg de zwarte trui die Bennet me had gegeven en mijn haar hing in slordige pieken in mijn ogen. Maar ik kreeg de indruk dat hij bedoelde dat ik er duister uitzag, als een schaduw, en dat hij had gezien dat ik hem in de gaten had gehouden.

'Ik ben de heerser van deze stad,' zei hij, terwijl hij ging zitten. 'Jagos. Ook een waarachtige naam.'

Ik vroeg me af wat Jagos betekende; ik keek naar het uiteinde van de tafel, waar ik het woordenboek had laten liggen.

'Welnu, schaduw van me, je hebt mijn vraag nog niet beantwoord.'

Ik dacht terug aan wat hij had gezegd. Wie ben je? had hij gevraagd. O. 'Ik kom uit Wellekom.'

'Een bediende van lady Rowans metgezel, heer Argent?'

Ik haalde diep adem. 'Ja,' zei ik, en ik haatte de smaak van die leugen in mijn mond.

'Vuurwerk lijkt me een merkwaardige interesse, voor een bediende.'

Ik haalde mijn schouders op. Verdorie. Ik moest maar niet meer met hem praten. Hij was te scherp.

'En je komt uit Wellekom. Ik ken een man uit Wellekom met belangstelling voor vuurwerk. Misschien ken jij hem ook? Zijn naam is Flinglas.'

Nimmeral, bedoelde hij.

'Ken je hem?' vroeg Jagos.

Ik knikte.

'Is hij een vriend van je?'

Ik keek naar het boek, naar de gouden letters op de omslag. 'Nee.'

'Aha. Geen vriend. Maar ook geen vijand, denk ik. Is hij misschien je meester?'

Ik schudde mijn hoofd.

'Ik zie het al.' Jagos kwam overeind. Hij knipperde met zijn ogen, en zijn enorme pupillen leken net ramen die uitkeken op een inktzwarte, sterrenloze nacht. Hij staarde me nog even aan en liep toen geruisloos weg, de kamer uit.

Ik zie het al, had hij gezegd. Ik vroeg me af wat hij zag met zijn vreemde ogen. Ik had het gevoel dat hij al wist wie ik was en waar ik mee bezig was.

Ik stond op en liep naar het uiteinde van de tafel, naar het woordenboek. *Jagos*. Dat betekende *vernietiging*. Maar de tweede betekenis, in kleine lettertjes, was *gebroken*.

Ik wist niet wat ik daarvan moest denken.

HOOFDSTUK 25

Nadat ik in het grauwe ochtendlicht de vertrekken van Jagos had verlaten, sloop ik langs de trap naar boven, naar Argents kamer. Daar wachtte Rowan me op.

Ze zat ineengedoken op een traptrede, met een mantel over haar nachtjapon geslagen en een lantaarn naast zich.

'Hallo, Ro,' fluisterde ik.

Ze keek me knorrig aan en wreef in haar ogen. 'Waar ben jij mee bezig, Rafael?' vroeg ze.

Ik ging naast haar zitten. 'Ik moet ontdekken waar Jagos mee bezig is.'

'Volgens mij is dat mijn taak,' zei ze.

'En vordert het al een beetje?' vroeg ik.

Ze liet haar kin op haar knieën rusten en staarde omlaag langs de donkere trap. 'Dat kan ik niet zeggen,' zei ze. 'Maar ik ben wel met je eens dat Jagos iets in zijn schild voert. Ik moet nog maar eens proberen met hem te praten.'

Maar dat praten duurde nu al veel te lang.

We zaten daar in stilte. Ik leunde met mijn schouder tegen de hare. Het licht uit de lantaarn wierp een flakkerend gouden schijnsel over de witgekalkte muren.

'Hij zal je niets vertellen,' zei ik ten slotte. 'Morgenavond ga ik kijken in zijn werkkamer.'

Ergens in die bibliotheek had hij een geheime ingang. Die zou ik opsporen en dan kon ik daar naar binnen.

Rowan ging rechtop zitten en keek me kwaad aan. Haar haren hingen warrig om haar gezicht. 'Nee!' zei ze. Haar stem kaatste tegen de muren. Op de gang boven ons ging een deur open, en Argent tuurde naar buiten. Met knipperende ogen kwam hij een paar treden af, op blote voeten en in een gestippeld blauw nachthemd.

'Wat is er, lady Rowan?' vroeg hij.

Ze keek niet eens naar hem. 'Wat als je gepakt wordt, Rafi? Heb je daar wel aan gedacht?'

Ik haalde mijn schouders op.

Ze klemde haar kaken op elkaar en maakte een geluid dat klonk als *grrr*. 'Ik kan je, als lid van ons gezantschap, bevelen om dat niet te doen.'

'Ik ben geen lid van je gezantschap,' zei ik.

'Doe wat je gezegd wordt, jongen,' zei Argent.

Ik keek naar hem over mijn schouder. 'Ik ben je

bediende niet, Argent,' zei ik.

Rowan stond op en keek kwaad op me neer, haar handen tot vuisten gebald. In het licht van de lantaarn glommen haar woedende ogen als zilver. 'Dus je doet gewoon wat je wilt, Rafi, bedoel je dat?'

Ik ging staan om haar te kunnen aankijken. 'Ro, het wordt steeds erger in Wellekom. We moeten iets doen.'

Ze sloot haar ogen en haalde diep adem. 'Argent,' zei ze. 'Mogen Rafi en ik dit gesprek alsjeblieft onder vier ogen voortzetten?'

'Natuurlijk, lady Rowan,' zei hij. Hij boog en ging terug naar zijn kamer.

Rowan opende haar ogen. 'Ja,' zei ze. 'Je hebt gelijk. Mijn moeder was er in haar brieven nogal vaag over, maar ik vermoedde al dat de zaken in Wellekom helemaal uit de hand lopen. We moeten ingrijpen.'

Mooi zo. 'Dan zal ik Jagos' werkkamer binnensluipen om te zien waar hij mee bezig is.'

'Nee, dat doe je niet,' zei Rowan. 'Ik moet nog één keer proberen met hem te praten, om te zien of ik erachter kan komen waarom hij de Schimmen op ons afstuurt. Als hij het is.'

'Ja, hij is het,' zei ik. De voetafdruk van zwartzilver was het bewijs.

'Misschien.' Langzaam schudde ze haar hoofd. 'Maar ik moet het nog een laatste keer met diplomatie proberen.'

Ik zei niets. Ik wist niet precies wat diplomatie was.

'Goed?' zei Rowan.

Goed, als ze echt wilde dat ik ermee wachtte. Ik knikte.

Rowan Hinderling

Ik heb erop aangedrongen dat heer Jagos me een rondleiding gaf in de sluipzilvermijnen, en tot mijn verbazing stemde hij toe. Vreemd genoeg stelde hij voor dat ik ook Argent en diens bediende mee zou nemen. Daarmee bedoelt hij Rafi, en dat betekent dat Rafi toch niet zo'n goede spion is als hij dacht.

Ik heb goed over mijn verzoek nagedacht. Sluipzilver heeft met magie te maken. En Dessa is de grootste leverancier van sluipzilver, voor het Hertogdom Peninsula. Maar die leveringen zijn steeds minder geworden, volgens Knal, de vuurwerkmaker. Ik vermoed dat er iets mis is met de sluipzilvermijnen, iets wat verklaart waarom Wellekom in gevaar is.

Beste Nimmeral,

Je had gelijk over het insluipen bij Jagos. Hij betrapte me. Ik wist niet dat je hem kende. Hij praat in elk geval alsof hij je kent.

Ik heb Jagos' locus magicaticus nog niet kunnen bekijken en ja, ik zal voorzichtig zijn als ik zijn zakken probeer te rollen en als ik zijn werkkamer ga doorzoeken. Het enige bewijs dat ik tot nu toe heb gevonden is een voetafdruk van zwartzilver. Hij voert iets in zijn schild, zeker weten, maar ik weet niet wat en ik weet niet wat het te maken heeft met Wellekom. Daar kom ik nog wel achter.

De magie had wel gelijk, dat ze me hierheen stuurde.

Groeten aan Bennet.

— Rafi

HOOFDSTUK

26

Ik zat aan tafel in de kamer die ik met Argent deelde, en ik was bijna klaar met een brief aan Nimmeral. Een van de hagedissen van Dessa, dezelfde als eerst vermoedde ik, tuurde in de inktpot en kwam toen naast mijn hand zitten, waarbij hij pootafdrukken achterliet langs de rand van het papier.

Aan de andere kant van de kamer lag Argent op zijn bed pruimen te eten terwijl hij zijn boek over zwaardvechten las. Hij had zijn laarzen uitgedaan, en zijn voeten roken naar schimmelige kaas.

'Ga eens een pot thee voor me halen, jongen,' zei Argent, en hij nam een hap van de sappige pruim.

Ik negeerde hem. Toen de inkt droog was schudde ik de hagedis van het papier op het tafelblad en vouwde de brief op. Ik vermoedde dat er elk moment een vogel kon langskomen.

Klop-klop-klop op de deur.

'Ga eens kijken wie daar is,' zei Argent.

Ik vouwde het papier nog eens en rolde het strak op, zodat hij in het kokertje van de vogel zou passen.

KLOP KLOP KLOP!

'Ga eens kijken wie daar is,' zei Argent luid, en toen ik dat niet deed pakte hij zijn laars en gooide die naar me.

Ik dook weg en de laars vloog langs me heen het raam uit.

Rowan smeet de deur open. 'Het is jullie kennelijk allebei te veel moeite,' zei ze. Boos keek ze me aan. 'Waarom lach je, Rafael?'

'Stomme sukkel,' bromde Argent.

'Je kunt hem maar beter gaan halen,' zei ik tegen Argent.

'Ik stuur er wel een bediende op af,' zei Argent.

Niet mij, dus.

'Diplomatie,' mompelde Rowan. 'Geduld.' Ze schudde haar hoofd. 'Ik wilde vragen of jullie met me mee willen op een rondleiding door de sluipzilvermijnen.'

Ik stond zo snel op dat mijn stoel tegen de vloer kletterde. Ja, ik wilde met haar mee.

'Moet hij ook mee?' vroeg Argent, terwijl hij opstond.

'Heer Jagos heeft hem uitgenodigd,' zei Rowan, mij met opgetrokken wenkbrauwen aankijkend. 'Ik zie jullie buiten.' Ze liep de kamer uit en knalde de deur achter zich dicht.

Dus de tovenaar-koning wilde mij mee hebben. Hij wist echt wel waar ik mee bezig was, zeker weten. Misschien wilde hij me in de gaten houden. Hoe dan ook, de kans om een sluipzilvermijn te zien liet ik me niet ontnemen.

Terwijl ik mijn pen schoonveegde en het dopje op de inktpot schroefde, kroop de hagedis naar de rand van de tafel en keek me aan met zijn scherpe zwarte ogen. 'Wil jij ook mee?' vroeg ik. Als antwoord sprong hij van de tafel, landde op mijn mouw en bleef daar hangen met zijn plakpootjes. Ik plukte hem eraf en liet hem in mijn jaszak glijden. Daar zat hij veiliger.

Om in de mijn te komen klommen we in een grote bak aan een ketting die werd neergelaten in een donkere schacht. Diep als een put, maar zonder de glinstering van water op de bodem.

De lucht was heet en smoezelig. Kraak-ratel-kraak, en we gingen steeds lager en de duisternis verdikte zich. We waren stil, Rowan en Argent en ik, de twee witgejaste bewakers, Jagos en de mijnopzichter, een dikke man met een baard en rinkelende armbanden om zijn polsen.

'Goed!' zei de opzichter. Zijn stem echode in de duisternis. 'We gaan nog wat verder omlaag en een eindje de mijn in en dan laten we jullie de installatie zien waarmee we het sluipzilver winnen.'

Kraak-ratel, en we daalden steeds dieper, tot we met een schok stopten. Ik voelde de anderen vlak bij me, in de bak, en ik hoorde het geritsel van hun kleding en hun ademhaling, maar het duister drukte op mijn gezicht als een stoffig kussen.

'Goed,' mompelde de opzichter. 'Daar zijn we dan.'

Ik hoorde steen op steen, zag een vonk en toen vlamde een kaars op. De opzichter maakte de ketting om het veiligheidshek los en we stapten uit de bak. De kaarsvlam duwde de zware duisternis weg, en we stonden met onze ogen te knipperen in een cirkel van zacht licht.

'Waarom gebruiken jullie geen weerlichten?' vroeg ik, en... *ichten ichten ichten* kwam terug als een echo.

Ze staarden me allemaal aan. Jagos ogen werden groot en donker, en toen weer blauw.

'O, nee, dat kan niet,' zei de opzichter. De armbanden klingelden aan zijn polsen. 'Weerlichten zijn niet veilig in de mijn. Het gebruik van magie is hier strikt verboden. De magie, eh...' hij wierp een zijdelingse blik naar Jagos en stokte even. 'Die eh... maakt de mijnen heel onveilig. Ik heb hier ook nog een olielamp, dan hebben we wat meer licht.' Hij nam de kaars mee en ging de lantaarn halen.

Dit was mijn kans. In het duister was Jagos niet meer dan een schaduw, waarachter zijn twee bewakers opdoemden. Ik schuifelde wat dichterbij en – snelle handen – tastte in de zak van zijn lange jas. Leeg. Verdorie. Ik reikte om hem heen en probeerde de andere zak. Niets. Hij had zijn locus magicalicus niet bij zich.

De opzichter kwam terug met een lamp. Bij het licht konden we zien dat we in een tunnel stonden met zwartgeblakerde wanden en een stenen plafond dat schuin wegliep boven onze hoofden.

'Deze kant op, alstublieft,' zei de opzichter.

We liepen door de tunnel, de opzichter, Rowan en Jagos, daarachter de twee bewakers, en daarna Argent en ik.

Voor ons flakkerde het licht van de lamp over de muren. Door de grond heen klonk een vaag, dof gedreun dat mijn benen deed trillen. In de verte hoorde ik het geluid weerkaatsen van metaal tegen metaal. Het deed me denken aan de werkplaats onder Huize Duister – en het apparaat dat Kraay en Pettivox hadden gemaakt om de magie gevangen te nemen. Dit was niet hetzelfde, maar er was iets niet in orde met de mijn. De hagedis zat te trillen in mijn zak. En het hoge gezoem van de magie van Dessa was verdwenen. Ik was gewend geraakt aan dat gezoem, net zoals ik gewend was geraakt aan de warme aanwezigheid van Wellekoms magie. Maar de mijnopzichter had gelijk – de magie hoorde niet in de mijn. Er was hier iets niet in de haak, maar ik wist niet wat.

Naast me stapte Argent voort met zijn handen in zijn zakken en zijn hoofd omlaag.

'Gaat het wel?' vroeg ik.

Hij wierp een snelle blik op het plafond en trok zijn schouders op. 'Stil, jongen.'

Ik haalde mijn schouders op.

'Nog een klein stukje,' riep de opzichter, en... *ukje ukje ukje* klonk de echo.

'Waar dient dat sluipzilver eigenlijk voor?' mopperde Argent.

Voor de magie, wilde ik net zeggen, toen we uit de tunnel liepen en in de mijn zelf kwamen.

Lantaarns hingen aan kabels langs de muren, die omhoog reikten naar een donker dakgewelf een heel stuk hoger. Rechts van ons, half in de stenen wand gebouwd, stond een gigantisch apparaat van roestig staal, een en al tandwielen en drijfstangen en stoom; het kreunde toen een enorm stalen wiel knarsend ronddraaide en weer stopte. Water spoot uit een hoge pijp; toen nam de stroom af tot een druppelend straaltje. Dus hier was al het water van de stad – het dreef de machinerie van de mijn aan. Een paar arbeiders stonden om het apparaat heen, hun gezichten zwart van het roet. Ze keken naar ons; ze hadden de machine uitgezet nu wij er waren, en zouden hem weer opstarten als we vertrokken.

Vóór ons was een zwart gat in de grond, zo groot dat ik de lantaarns aan de overkant zag als kleine sterretjes. Een smal pad liep langs de wand van de put in een spiraal omlaag en verdween in de duisternis. Arbeiders beladen met zakken steen sjokten langs het pad omhoog; andere arbeiders gingen met lege zakken omlaag.

De mijnopzichter wees naar de put. 'Die was ooit gevuld met sluipzilver,' zei hij. 'Stel je dat maar eens voor, als een zilveren meer hier onder de grond, en sluipzilver dat door de barsten in de rotsgrond stroomde. Zo prachtig.' Hij bleef praten en vertelde over de mijnen en andere meren onder de stad en ondergrondse rivieren van sluipzilver.

De hagedis stak zijn kop uit mijn zak; ik haalde hem eruit en zette hem op mijn schouder, zodat hij alles kon zien. Ik zag het meer waarover de opzichter vertelde helemaal voor me. Maar het was verdwenen, het enige wat ervan was overgebleven was een leeg, echoënd gat. De rivieren met sluipzilver waren drooggevallen.

Waar dient sluipzilver voor, had Argent gevraagd. Ik herinnerde me een zin uit het boek van Pratter: Sluipzilver is een contrafusief dat is bedoeld om de magie aan te trekken en te beheersen, of liever gezegd: om er de magie in op te slaan.

Pettivox had sluipzilver gebruikt voor zijn apparaat om de magie te vangen.

Om de magie op te slaan. Sluipzilver trok magie aan. Was het magische wezen van Dessa aan deze plek gebonden door het sluipzilver? En als het sluipzilver verdween omdat het in de mijn werd gewonnen en verkocht – zou dan de band van het wezen met de stad niet verzwakken? Ik schudde mijn hoofd. Het was niet logisch. Waarom zou Jagos, een tovenaar, de magie van zijn eigen stad willen verzwakken? Hij zou de magie toch juist sterker willen maken? Want dat zou hém sterker maken.

Jagos kwam naast me staan. 'Een fascinerende operatie, nietwaar? Wat zeg je ervan, schaduw van me?' vroeg hij.

'Ik begrijp het niet,' zei ik. 'Waarom doe je dit?'

Hij glimlachte en aaide een van zijn lange witte vlechten. 'Ja, het is een mysterie, nietwaar?' Zijn blik verplaatste zich naar de hagedis op mijn schouder. 'Vreselijke wezens,' zei hij. 'Kleine spionnen, ze houden altijd alles in de gaten.'

Met snelle handen griste hij de hagedis van mijn schouder en liet hem op de stenen vloer vallen. Voor het dier kon wegschieten, voor ik hem kon tegenhouden, zette Jagos zijn voet erop en drukte die langzaam omlaag. Ik hoorde kleine botjes kraken.

Nee! Ik staarde hem aan.

Hij keek terug, zijn ogen weer groot en net zo donker als de put. Nog steviger duwde hij zijn voet tegen de rotsgrond. In mijn hoofd gaf de magie van Dessa een schrille kreet, en zweeg toen. Jagos schraapte de zool van zijn schoen langs de grond en liep naar de plek waar Rowan en Argent met de opzichter stonden.

Ik keek omlaag naar de vlek op de rotsgrond, alles wat er over was van de kleine hagedis. Een kille rilling liep over mijn rug. Hij had een van de hagedissen van zijn eigen stad gedood. Dat was net zoiets als wanneer Nimmeral of ik een van de zwarte vogels van Wellekom zouden doden. Dat zouden we nooit doen, ondenkbaar. Het werd steeds benauwder in de grot. Ik liep naar de rand van de put en staarde omlaag. Blonk daar nog ergens een klein restje sluipzilver in het duister? Ik boog me naar voren om het beter te kunnen zien. Nee, ik zag alleen duisternis.

Ik rechtte mijn rug en liep weg van de rand. Jagos was bezig Dessa te doden, zijn eigen stad, net zoals hij de hagedis had gedood. Ik wist niet waarom. Maar daar kwam ik nog wel achter. En ik zou hem tegenhouden, als ik kon.

HOOFDSTUK 27

Ik zou één kans hebben.

Toen we uit de mijn terug waren, ging Jagos dineren met Rowan en Argent, en dat betekende dat ik tijd had om zijn vertrekken binnen te sluipen en zijn werkplaats te doorzoeken. Misschien lag zijn locus magicalicus daar ook. Misschien vond ik daar een aanwijzing, een reden waarom hij zijn eigen stad aan het doden was met zijn sluipzilvermijn – en waarom hij zijn Schimmen naar mijn stad stuurde.

Goed oplettend of de bewakers me niet zagen kraakte ik het slot van zijn kamer en duwde de deur open. Snel sloot ik hem achter me en draaide hem weer op slot. Door de

kamers ging ik snel naar de bibliotheek, waar Jagos me had beslopen.

De geheime deur had ik vlug gevonden, nu ik eenmaal wist waarnaar ik op zoek was. Achter een gouden gordijn met kwasten bevond zich een lage deur. Hij zat niet eens op slot. Ik draaide de deurklink om, bukte en ging met mijn lantaarn in de hand naar binnen.

Jagos' werkkamer was een lange, smalle ruimte met een hoog plafond. Ik kon de muur aan het andere uiteinde niet zien, zo donker was het. De vloer lag vol stof. Ik keek of er Schimmen waren, maar ik zag ze niet.

Op tafel stonden vier glazen schalen, elk met een richeltje langs de binnenkant, vlak onder de rand. In drie van de schalen zat sluipzilver, dat rond wervelde als een gesmolten spiegel. Kleine slakjes sluipzilver braken los van het glimmende oppervlak en kropen langs de wand van de schaal naar boven, alsof ze probeerden te ontsnappen. Maar ze konden niet langs het richeltje komen en vloeiden weer omlaag.

In de vierde schaal zat iets anders. Het glas was donker geworden, alsof het zwartgeblakerd was. Ik boog me over tafel om in de schaal te kijken. Midden in de schaal lag Jagos' locus magicalicus.

Het was een juweel, een edelsteen, net zoals mijn locus-steen was geweest, maar deze was rond en geslepen en had een dieprode kleur, als oud bloed. Hij lag midden in de schaal, in een plas sissend zwartzilver dat paars opgloeide. In een ring eromheen lag sluipzilver, dat zich terugtrok naar de rand van de schaal alsof het werd afgestoten door de steen. Terwijl ik toekeek werd een sluipzilverslakje vanuit de ring naar de locus magicalicus gezogen. Toen het de steen aanraakte, huiverde het en probeerde het weg te kronkelen. Vervolgens werd het donker, zo zwart als teer. Een moment later vloeide het slakje weg in de sissende plas zwartzilver en begon het paars te gloeien.

Jagos was zwartzilver aan het maken.

Aan de rand van mijn blikveld zag ik iets, en snel keek ik op. Aan de andere kant van de kamer rezen Schimmen op uit de schaduwen en bleven daar hangen, naar me kijkend. Wolken stof wervelden wild om ze heen. Ik staarde terug en hield mijn adem in. Hun paarszwarte ogen gloeiden. Maar ze bleven daar zweven, alsof ze achter een glazen wand zaten. Ze hadden geen orders gekregen, vermoedde ik. Of misschien waren ze bang voor de locus magicalicus.

Dus Jagos maakte ook Schimmen.

Dit was het bewijs. Hij gebruikte magie om Wellekom aan te vallen, en misschien wel te vernietigen nadat hij Dessa definitief om zeep had geholpen. Voor diplomatie was er geen tijd meer. Ik moest iets doen, en wel nú.

Ik probeerde de Schimmen te negeren en keek nog wat beter naar Jagos' locus-steen. Het oppervlak was glad, maar in het midden zat een donkere, rotte kern.

Zonder locus-steen kon Jagos geen Schimmen meer maken om naar Wellekom te sturen.

Ik haalde diep adem, stak mijn hand in de schaal en griste de steen uit de plas zwartzilver.

Een golf van misselijkheid vloeide uit de steen via mijn arm omhoog. Ik liet de steen vallen en viel op mijn knieën, duizelig, kokhalzend. Zwarte vlekken dansten voor mijn ogen.

Maar goed dat ik niets gegeten had. Ik veegde mijn mond af en keek om me heen waar de steen was. Hij was naar het midden van de vloer gerold.

Beverig kwam ik overeind. Dit was een krachtige steen, en ik besefte dat ik hem nu niet kon vernietigen.

Ik zou hem moeten stelen. Ik doorzocht de kamer tot ik een leren buidel vol gedroogde bladeren vond. Nadat ik de bladeren eruit had geschud, hield ik de buidel vlak bij de locus-steen en deed hem wijd open.

Nogmaals haalde ik diep adem, pakte de steen op en liet hem in de buidel vallen. Weer keerde mijn maag zich om. Nadat de zwarte vlekken waren weggetrokken en mijn maag had besloten zijn normale positie weer in te nemen, kwam ik overeind.

Ik moest daar snel weg, voordat Jagos binnenkwam. En dan zo snel mogelijk Dessa verlaten...

Rowan-

Ik weet dat je het niet wilde, maar ik heb Jagos' locus magicaticus gestolen, en ik verlaat Dessa vanavond nog. Ik moest wel, Ro. De magie van Dessa is al bijna weggevaagd. Ik denk dat Jagos met zijn locus-steen Dessa wil vernietigen en dat daarna Wellekom aan de beurt is. Hij gebruikte zijn locus-steen om zwartzilver te maken voor de Schimmen, ik heb ze gezien in zijn werkkamer.

Ik ga naar het zuiden, weg van Wellekom. Je moet Dessa zo snel mogelijk verlaten. Ga terug naar Wellekom en waarschuw ze voor Jagos.
- Rafi

HOOFDSTUK 28

In het holst van de nacht trok ik de woestijn in. Ik droeg een zand-kleurige mantel over mijn hemd en broek, een sjaal om mijn hoofd, mijn mes in mijn zak en Kerrns mes in mijn schoen. Verder had ik een paar kopermunten aan een rafelig draadje bij me, gejat van Argent, en een veldfles om mijn schou-der. Ik had geen tijd gehad om voedsel te stelen.

Het leren buideltje met Jagos' locus magicalicus stopte ik in mijn zak.

Ik nam niet de weg naar

Wellekom, want dat was waar Jagos als eerste zou gaan zoeken. In plaats daarvan doorkruiste ik de dorre bruine velden en volgde toen een hobbelig karrenspoor dat van de stad weg leidde, naar het zuiden.

Dessa verdween achter me; de lichtjes werden vager terwijl de hemel grijs kleurde. Niet veel later sprong de zon achter de horizon tevoorschijn.

De tovenaar-koning zou spoorzoekers achter me aan sturen, zeker weten. Ze zouden uiteindelijk deze kant op komen. Maar ik kon niet van de weg af, want dan zouden de doornstruiken me aan flarden scheuren. Ik liep snel. En ik probeerde er niet aan te denken wat Nimmeral zou doen als hij me nu zou zien. Ik had geen kans meer gehad om hem mijn laatste brief te sturen. Hij zou woest worden als die niet op tijd arriveerde. Wat is het toch een lastpak, zou hij zeggen. En Rowan. Die zou nog woester zijn, en dat zou ook terecht zijn. Maar ik had weinig keus gehad.

Rond het middaguur stopte ik om even te rusten in de schaduw van een hoge cactus en dronk ik de helft van mijn water. Terwijl ik daar zat kwam er een zwarte vogel aan suizen die naast me op de grond landde.

'Hallo,' zei ik.

Hij had geen kokertje om zijn poot.

'Dorst?' vroeg ik.

Hij hupte op mijn gebogen knieën, de stof van mijn mantel vastgrijpend met zijn klauwen, en dronk water uit de kom van mijn hand. Hij stak zijn snavel erin en gooide dan zijn kop naar achteren. Hij had geen brief gebracht, maar het was een Wellekom-vogel, zeker weten.

Misschien wilde de magie me op deze manier vertellen dat het een goede beslissing was geweest om Jagos' locus-steen te stelen.

Ik liep verder met de vogel op mijn schouder.

Na een paar uur met hangend hoofd te hebben voort gesjokt kwam ik bij een klein dorp bij een kruising. De huisjes waren gemaakt van leem en palmbladeren. De zon ging net onder en hing als een goudstuk boven de bergen in de verte, en lange schaduwen lagen over het dorpsplein. Ik liep over de droge, aangestampte aarde naar de dorpsput, een afgedekt gat in de grond met een leren emmer aan een touw ernaast. De zwarte vogel fladderde van mijn schouder naar de grond naast de emmer. Ik schoof het putdeksel opzij en liet de emmer zakken, haalde hem omhoog en schepte er een handvol water uit, en toen nog een.

Iets stootte tegen mijn vingers – gladde, koele huid. Ik hield de emmer schuin om te kunnen zien wat het was.

'Twee koperstukken voor dat water, jongeman,' sprak een krakerige stem.

Ik keek op. Een oud persoon gewikkeld in bruine vodden stond naast de put. Zij – ik vermoedde dat het een zij was – stak een gerimpelde klauw naar me uit, vanuit haar haveloze mantel.

Ik knikte naar de emmer. 'Zit daar een kikker in?'

Ze lachte kakelend. 'Dit is Kikkergat. Kikkers in het water brengen geluk. Twee koperstukken om te drinken.'

Ik haalde het koordje met muntjes uit mijn zak. Ik had slechts vier koperstukken; maar ja, ik kon ze toch nergens anders aan uitgeven. 'Als ik je er vier geef, krijg ik dan ook wat te eten?' Ik wees naar de emmer. 'Ik heb zo'n honger dat ik die kikker zou kunnen opeten.' In een pastei met jus en worteltjes en erwtjes, zoals Bennet altijd maakte.

De waterheks kakelde weer. 'Ha!' Ze hield haar hoofd schuin, en ik zag een blauw kraaloogje naar me loeren tussen de sjaals die haar hoofd bedekten. 'Zit er iemand achter je aan?'

Zeker weten dat er iemand achter me aan zat. Mijn voeten jeukten om verder te gaan.

'Spoorzoekers?' vroeg ze.

Ik haalde mijn schouders op.

'Ha.' Ze draaide zich om en schuifelde weg, over het stoffige plein, naar een van de lemen hutten. Ik hurkte neer bij de put, dronk nog wat water en vulde mijn veldfles. Ik hield de vogel nog wat water voor, en hij dronk ervan.

Na een tijdje kwam ze terug. 'Hier.' Ze gaf me een pakketje van palmbladeren.

Toen ik erin keek zag ik een homp brood, een stuk geitenkaas en een paar dikke groene olijven aan een draadje. Ik knikte als dank en gaf haar de munten.

'Nog vier,' zei ze, terwijl ze het geld in haar mantel stopte, 'dan zeg ik tegen de spoorzoekers dat ik je niet heb gezien.'

'Meer heb ik niet.' Ik stond op en keek naar de horizon. De zon was ondergegaan achter de bergen en de schaduwen kleurden paars. Tijd om verder te gaan.

'Volle maan, vannacht,' sprak de waterheks. 'Goed om bij te reizen.'

'Bedankt,' zei ik. De vogel fladderde op en ging op mijn schouder zitten.

De oude vrouw wendde zich af. 'Kikkers in de emmer brengen geluk,' zei ze over haar schouder.

Dat hoopte ik dan maar. Ik stopte het pakketje met voedsel in de zak van mijn mantel, bij mijn mes en het lege muntenkoordje, en liep het dorp uit, het duister in.

Ik liep de hele nacht, tot de morgen kwam, zacht en rozig. Tegen de middag kwam ik bij een plek waar de weg versmalde en zich tegen de overhangende, zacht oranje rotsen aan drukte. Aan de andere kant van de weg liep een rotswand steil omlaag naar een klif, die op zijn beurt weer overging in een diep ravijn. Als ik hier uitgleed zou ik zo over de rand rollen en naar de bodem van dat ravijn tuimelen. Terwijl ik verder liep, met een hand op de oranje rotsen ter ondersteuning, gleden kiezels onder mijn voeten weg en kletterden langs de rotswand de diepte in. Ik schudde de vermoeidheid uit mijn hoofd en liep verder.

Eindelijk, terwijl de zon onderging in een vreugdevuur achter de verre bergen, leidde het karrenspoor me vanuit de oranje rotsen terug de woestijn in. Ik strompelde verder, onder een steeds donkerder wordende hemel. Het brood en de olijven waren allang op, en ik was misselijk van de honger. Ik miste Nimmeral en Wellekom. Ik beeldde me in dat elke stap me dichter bij huis bracht, dat ik door de donkere tunnels naar Hartenlust liep, dat ik zo dadelijk de trap op zou lopen, over de binnenplaats en de keuken in, waar Bennet beschuitjes en spek voor me had klaargezet.

Toen viel ik.

Mijn handen zaten in mijn zakken, dus ik viel plat op

mijn gezicht en stootte mijn kin. Au. De vogel tuimelde met een angstige piep op de grond. Ik sloot mijn ogen en liet mijn gezicht op het afkoelende zand en de kiezels rusten. Het voelde als een heerlijk zacht bed. Achter me beklom een perfecte maan om bij te reizen de nachthemel boven de woestijn. De spoorzoekers kwamen eraan. De vogel pikte in mijn schouder en mijn gezicht. Maar het kon me niet schelen. Ik nam niet eens de moeite om van de weg af te gaan. Ik sloot mijn ogen en viel in slaap.

Rowan Hinderling

Die vervloekte Rafael ook. Kerrn was niet verbaasd. *Hij is een dief*, zei ze. *Stelen is wat hij doet.*

Dat is waar. Maar Rafi heeft bewijs dat Jagos een gevaar vormt voor Wellekom, en hij heeft gelijk dat we meteen moeten teruggaan, zodat we kunnen bespreken hoe we gaan optreden tegen de tovenaar-koning.

Ondertussen kan ik Rafi niet laten sterven in de woestijn, of gevangen laten nemen door Jagos' mannen.

Ik nam kapitein Kerrn apart en vroeg haar om Rafi op te sporen en hem, samen met de edelsteen die hij heeft gestolen, in het geheim naar de herberg te brengen, aan de weg naar Wellekom. Daar zal ik hen opwachten met de rest van het gezantschap.

Wat er ook gebeurt, zei ik, *laat Rafi niet in Jagos' handen vallen.*

Kerrn vertrok meteen.

ᛈᛖ ᚺᛗᛒᛒᛖᚾ ᚷᛗᛗᚾ ᛏᛁᛊᛝ ᛏᛖ ᛒᛗᚱᚾᛁᛗᛁᛗᚾ᛭

HOOFDSTUK 29

Ik werd wakker met de opkomende
zon in mijn gezicht. De hitte drukte
op me neer als een zware hand.
Mijn mond voelde als Nimmerals studeerkamer: stoffig en vol papier. De
vogel was verdwenen. Ik vroeg me
af waarheen. Ik ging rechtop zitten,
krakend in al mijn botten, en keek
naar de oranje rotsen in de verte.

Daar zag ik een donkere vlek,
trillend door de hitte die opsteeg van
de grond. Ik schermde mijn ogen af met
mijn hand en kneep ze samen. De donkere
vlek hopste op en neer over de weg.

Een man. Op een paard. Spoorzoeker.
Verdorie.

Ik sprong overeind en rende een paar stappen, terwijl de angst als een bliksemflits door mijn benen schoot.

Ik stopte. Ik was stom bezig. De spoorzoeker zat op een paard. Ik zou hem nooit kunnen voorblijven. Ik hapte naar adem, nam een slok water uit mijn veldfles en liep langs de weg op en neer, op zoek naar een geschikte plek.

Daar – een opening in een doornstruik, een zijpad. Ik liep een stukje terug langs de weg, terwijl ik probeerde niet naar de zwarte vlek te kijken, pakte een tak met een paar dorre bladeren eraan en wiste er achteruitlopend mijn sporen mee uit tot ik bij het zijpad kwam. Nog steeds mijn sporen wissend liep ik een stukje het zijpad op.

Toen draaide ik me om, gooide de tak weg en verstopte me in de struiken.

Eerst was de woestijn om me heen doodstil. Toen hoorde ik geschraap, als van kleine klauwtjes die over zand en rotsen krabbelden, en vaag geritsel en het getjilp van vogels. Het rook naar heet zand – en naar mijn eigen zweet; ik hoopte maar dat de spoorzoeker geen goede neus had, want dan zou mijn plan niet werken.

Ten slotte hoorde ik het doffe klop-klop van de paardenhoeven op de zanderige weg, niet ver bij me vandaan. Ze gingen voorbij, maar ik verroerde me niet. Als het een goede spoorzoeker was, zou hij zich niet om de tuin laten leiden door uitgewiste voetsporen.

En jawel, na een paar minuten klonk weer het geluid van de hoeven. Toen het gekraak van leer en twee mensenvoeten die over de grond knerpten. De spoorzoeker waagde zich op het zijpad.

Langzaam legde ik mijn hoofd op mijn knieën, sloot

mijn ogen en hield me zo stil als een muis onder het oog van een havik. De woestijn leek zijn adem in te houden. De voetstappen van de spoorzoeker slopen langs het bosje waarin ik me schuilhield. Ik wachtte tien ademhalingen, gleed uit mijn schuilplaats en rende langs het zijpad terug naar de weg.

Achter me hoorde ik de spoorzoeker schreeuwen, maar hij zou me niet te pakken krijgen. Ik stormde de weg op – daar stond het paard van de spoorzoeker, gezadeld en wel, zijn teugels om de tak van een doornstruik geslagen.

Op het zadel zat de vogel.

Die had de spoorzoeker rechtstreeks naar me toe geleid, de verrader.

Ik duwde hem opzij, greep de teugels en zette mijn voet in de stijgbeugel. Het paard sprong opzij en de vogel vloog op met een luide kreet. Met een schreeuw rende de spoorzoeker de weg op, bracht zijn hoofd omlaag en ramde me tegen mijn schouder.

We vielen allebei languit op de grond. Ik rolde weg en schopte hem in zijn ribben, krabbelde overeind en dook weer op het paard af. Ik greep zijn manen vast om mezelf op te trekken, en het dier schudde met zijn hoofd; de spoorzoeker greep me van achteren beet, gooide me op de grond en sprong boven op me. Ik graaide naar mijn mes; ik had het net uit mijn zak gewurmd toen de spoorzoeker het uit mijn hand sloeg en zijn eigen mes op mijn keel zette.

'En ik gebruik het ook,' gromde hij. 'Blijf liggen.'

Nee, zo makkelijk zou hij me niet te pakken krijgen. Ik worstelde me opzij en tastte naar het andere mes in mijn schoen. De spoorzoeker rukte de sjaal van mijn hoofd en hield zijn mes onder mijn kin. Het scherpe lemmet trok een bloederige streep over de huid van mijn hals.

Ik hield me gedeisd.

De spoorzoeker torende boven me uit, knie op mijn borstkas, moeizaam ademend. Tijdens de worsteling was de sjaal om zijn hoofd losgeraakt, en een blonde vlecht als een touw bungelde omlaag. Geen spoorzoeker, besefte ik. Een vriend. Plotseling laaide de hoop in me op. 'Kerrn!' stootte ik uit.

Ze antwoordde niet, en haar ijsblauwe ogen bleven ijzig. Ze haalde haar knie van mijn borstkas, hees me overeind en sleepte me mee naar het paard, dat met zijn teugels verstrikt was geraakt in de struiken. Ze stak haar hand in haar zadeltas en haalde een eind touw tevoorschijn. Zonder iets te zeggen pakte ze mijn handen, sloeg het stuk touw eromheen en legde er een knoop in.

Ik staarde haar aan. 'Wat doe je nou?'

Haar ogen vernauwden zich. 'Stil.' Met een ander, langer stuk touw bond ze mijn geboeide handen vast aan een leren lus aan haar zadel. Toen draaide ze zich weer naar me toe. 'Laat me zien wat je gestolen hebt, dief.'

O, nee.

Kerrn had me altijd beschouwd als een dief, niet als een tovenaar. En ik had de edelsteen gestolen, dat was waar. Maar ik kon haar Jagos' locus magicalicus niet laten aanraken. Dat zou haar dood worden, zeker weten. Ik schudde mijn hoofd en stapte achteruit, maar door het touw kwam ik niet ver.

Kerrn sprong op me af, greep me bij mijn mantel en duwde me tegen het paard, dat kalmpjes bleef staan. Ik probeerde me los te wurmen terwijl ze me fouilleerde. In de ene zak vond ze alleen het lege muntenkoordje, dat ze op de grond gooide. In de andere vond ze de leren buidel. Ze liet me los en begon de buidel open te maken.

'Nee!' schreeuwde ik, en met mijn gebonden handen stootte ik het ding uit haar handen. Het vloog door de lucht en landde met een doffe plof in het zand.

Met één stap was ze bij de buidel en ze bukte zich om hem op te rapen.

'Nee, niet aanraken!' Ik probeerde haar te bereiken, maar werd tegengehouden door het touw.

Kerrn stopte met haar hand vlak boven de buidel. 'Je hebt een edelsteen gestolen, net als vorig jaar in Wellekom. Lady Rowan heeft me gestuurd om jou en die steen naar de herberg aan de weg naar Wellekom te brengen. Ik moet zeker weten dat hij erin zit.'

Ik likte langs mijn lippen; die waren droog en gebarsten.

'Hij zit erin, Kerrn. Als je hem aanraakt, doodt hij je.'

Ze keek me even aan, met kille ogen. 'Goed,' zei ze ten slotte. Voorzichtig pakte ze het buideltje op bij het koord en hield het boven haar zadeltas. 'Is het hier veilig?'

Ik knikte.

Kerrn opende de zadeltas en liet het buideltje erin vallen. Toen pakte ze mijn mes op, dat ik tijdens het gevecht had verloren, stopte het in de zak van haar mantel en zwaaide zichzelf op haar paard. Eenmaal in het zadel haakte ze een van haar veldflessen los en nam een flinke slok. 'Heb je dorst?' vroeg ze.

Ik knikte, plotseling vermoeider, hongeriger en dorstiger dan ik ooit in mijn leven was geweest.

Kerrn hield de veldfles omhoog. 'Ik ken jou, dief. Je bent een lastpak. Als je voor problemen zorgt, krijg je geen water. Begrepen?'

Ik knikte.

Ze boog voorover om me de veldfles te geven en ik dronk er gulzig uit. Het water vloeide naar binnen als een flinke stortbui op uitgedroogde grond – ik zoog het op. 'Dank je.'

Kerrn keek me fronsend aan. 'We zijn niet ver van het ravijnenland.' Die oranje-rotsenplek, bedoelde ze. Ze hing de veldfles weer aan haar zadel. 'We lopen zo lang mogelijk door, voordat we ons kamp opslaan.'

'Ik loop, bedoel je,' zei ik, terwijl ik mijn sjaal weer om mijn hoofd wikkelde, wat niet makkelijk was met gebonden handen. 'Ik loop en het paard loopt.'

Kerrn zette haar paard in stap. Getrokken door het touw liep ik achter ze aan.

In stilte liepen we voort onder de bleekblauwe hemel. Slof-slof-slof, naar de weg waar de herberg stond, naar Rowan. Of, wat waarschijnlijker was, besefte ik, naar Jagos' spoorzoekers. Zo makkelijk zou hij mij of zijn locus-steen niet laten gaan. We moesten de andere kant op, weg van Dessa. Ik moest mijn kans afwachten om de steen terug te stelen van Kerrn en te ontsnappen.

Maar niet nu. Ik was te moe.

Net toen ik dacht dat ik werkelijk geen voet meer kon verzetten, stopten we en sloegen we ons kamp op voor de nacht.

De volgende ochtend speurde Kerrn de hemel af. De wolken boven de bergen waren dichterbij gekomen en leken zwaar van de regen.

Kerrn keek er fronsend naar. 'We moeten opschieten,' zei ze, terwijl ze me weer vastbond aan haar zadel. 'We moeten voorbij het ravijnenland zijn voordat de bui losbarst.'

Midden op de ochtend bereikten we ravijnenland. De wolken hingen grijs en dreigend boven ons hoofd.

Hoewel ik de hele nacht had geslapen was ik alweer moe. Ik struikelde over mijn eigen voeten en had honger – we hadden alleen een beetje gedroogd fruit gegeten als ontbijt. De vogel fladderde van de ene zitplek naar de volgende, langs ons pad.

Kerrn hield haar paard in. 'We moeten sneller gaan,' zei ze, op me neerkijkend.

Ik trok de sjaal om mijn hoofd omlaag. 'Ik geloof niet dat ik sneller kan.'

Ze stak haar hand naar me uit. 'Kom maar achter me zitten. Maar probeer niet te ontsnappen.'

Zonder te antwoorden greep ik haar hand, zette mijn voet boven op de hare in de stijgbeugel en liet me op de paardenrug trekken. Het dier sprong opzij, maar Kerrn klopte hem op zijn hals en sprak hem kalmerend toe, tot hij bedaarde. En daar gingen we weer, een stuk sneller nu.

De grillige oranje rotsen om ons heen gloeiden in het grijsgrauwe licht. Het paard zocht zijn weg door de ravijnen en langs bochtige paden, de teugels stevig in Kerrns handen. De wolken werden donkerder en hingen nu nog lager; ten slotte trok de wind aan en spatten de eerste regendruppels op de stoffige grond. Kerrn zette het paard aan tot een snellere stap. We waren bijna door het ravijnenland heen. Het begon steeds harder te regenen, met ijskoude dikke druppels, tot het een ware wolkbreuk was geworden. Ik huiverde en hield me aan Kerrns mantel vast zodat ik niet van het paard af zou glijden.

We kwamen bij een gevaarlijke doorgang, waar aan de ene kant van de weg een steile rotswand was en aan de andere een diep ravijn. Kerrn leidde het paard het smalle pad op.

We waren halverwege toen de eerste donder rolde en de bliksem vlakbij flitste. Een explosie van licht en oorverdovend lawaai, waardoor het paard van schrik hinnikte en begon te steigeren. Bij de eerste bok lag ik er al af. Ik viel plat op mijn rug op de harde grond, mijn handen nog steeds aan het zadel gebonden. Kerrn hield het iets langer vol, maar vloog toen uit het zadel en landde met een doffe klap op een schuin aflopend stuk rots dat glad was van het regenwater. Ze gleed door, naar de rand van het ravijn.

Het paard sprong opzij en sleurde me mee. Ik krabbelde overeind, greep de teugels en klopte hem op de hals zoals Kerrn had gedaan, om hem te kalmeren. Het paard bleef staan, maar zijn flanken huiverden, alsof hij nog steeds bang was. Ik was ook bang; mijn hart bonkte en mijn knieën knikten.

De regen kletterde op ons neer. Ik tuurde door het gordijn van water, op zoek naar Kerrn. Helemaal op het randje, een heel eind naar beneden, waar de helling eindigde in de klif, klampte ze zich vast aan de rotswand, haar voeten bungelend boven de diepte. Kiezels en regen-water ratelden langs haar heen over de steile helling, maar ze bewoog zich niet.

Omdat ze dan de diepte in zou storten, besefte ze.

Goed.

Ik had gewacht op een kans om te ontsnappen; nu kon ik het paard pakken en vluchten. Ik bukte me, haalde het andere mes uit mijn schoen en gebruikte het om het touw door te snijden waarmee mijn handen vastzaten. Ik pakte de teugels en maakte aanstalten om in het zadel te klauteren. Toen haalde ik diep adem en leunde met mijn voorhoofd tegen het zadel. Regendruppels stroom-den over mijn schouders en hoofd. Het paard stond stil, afwachtend.

Verdorie. Als ik Kerrn achterliet, zou ze van de klif glijden en sterven op de scherpe rotspunten in de diepte. Ik kon het niet.

Er zat meer dan genoeg touw in de zadeltas. Eén eind bond ik stevig vast aan de zadelknop; toen bond ik het andere uiteinde aan mijn enkel. Het paard bleef stilstaan terwijl ik op mijn knieën ging zitten en toen plat op mijn buik ging liggen om langs de helling omlaag te kruipen, een stukje opzij van de plek waar Kerrn na haar glijpartij tot stilstand was gekomen.

In de rotswand zaten geen barsten of kieren, en hij was spekglad van het regenwater. Ik glibberde omlaag. Mijn haar hing in natte slieren in mijn ogen. Kiezels die ik loswoelde rolden langs Kerrn en kletterden in het ravijn, maar ze verroerde zich niet.

Het touw was iets te kort; ik was aan het einde, de

knoop om mijn enkel stond strak, en ik was nog steeds een armlengte boven haar.

'Kerrn,' zei ik schor.

Ze keek niet op.

'Kapitein Kerrn,' zei ik nogmaals, luider.

Met heel kleine bewegingen hief ze haar hoofd, haar gezicht tegen de rots gedrukt, turend door de kletterende regen. Misschien had ze me niet horen aankomen; de regen maakte zo veel kabaal. Haar ogen werden groot. Langzaam schoof ze haar hand langs de rotswand omhoog.

Onder haar verschoven een paar kiezels, en weer gleed ze een stukje verder naar de rand. Ze stokte, haar vingers wit van hun verkrampte greep op de rotswand. Ze sloot haar ogen. De regen begon iets af te nemen; ik hoorde een vloedgolf door het ravijn onder ons razen.

Ik reikte zo ver ik kon. 'Kerrn, pak mijn hand.'

Ze bewoog zich niet, maar opende haar ogen weer. Als ze haar hand naar me uitstak, kon ze net mijn vingertoppen aanraken.

'Het touw is niet lang genoeg,' zei ik.

'Dat zie ik ook wel,' zei ze, tussen opeengeklemde tanden door.

'Het zit vast aan mijn enkel,' zei ik. 'Je moet mijn hand grijpen en dan over me heen klimmen.'

'Als ik me beweeg, val ik.'

'Als je niet beweegt, val je ook.'

Ze hief haar hoofd nog iets meer en concentreerde zich op mijn hand. 'Hoe heb je je handen losgekregen?'

Ik moest bijna lachen. 'Ik had nog een mes, oké? Wil je nou gewoon mijn hand pakken, alsjeblieft?'

Ze haalde adem om te antwoorden, en begon te glijden. 'Kerrn, kom op!' schreeuwde ik.

Met een wanhopige beweging wierp ze zichzelf in de richting van mijn hand; ik greep haar pols stevig beet en pakte haar andere hand. 'Schiet op!' stootte ik uit.

Zonder te aarzelen klom ze over mijn rug, voorzichtig met haar voeten, en gebruikte het strakgespannen touw om zichzelf langs de rotswand omhoog te hijsen. Ik slaagde erin me om te draaien en trok mezelf ook omhoog, waar ik naast Kerrn uitgeput in een plas modder bleef liggen, snakkend naar adem en drijfnat, bedekt met schrammen en krassen. Naast ons stond het paard te beven, maar hij bleef staan. De zwarte vogel zat op de zadelknop en schudde het water van zijn vleugels. Een paar regendruppels tikten naast ons neer, en het geluid van voortrazend water echode omhoog vanuit het ravijn.

Kerrn kwam overeind. Haar witte mantel was bedekt met oranje modder; haar sjaal hing over haar ene schouder tot op de grond, en haar losgeraakte blonde vlecht hing over de andere schouder. Ze gaf me een kort knikje; ik nam aan dat dat 'bedankt' betekende.

Grijnzend ging ik zitten en begon de knoop rond mijn enkel los te werken. Ik vroeg me af of ze me het paard zou geven, zodat ik sneller zou zijn. Met een paard zou ik de spoorzoekers voor kunnen blijven. Of misschien wilde ze wel met me mee. We konden een brief naar Rowan sturen, om haar te vertellen dat we niet in de buurt van Dessa konden komen vanwege de locus-steen, dat we naar een andere stad waren gegaan.

Kerrn liep naar het paard en maakte het touw los van

het zadel. Ze trok haar mes uit haar riem en gebruikte het om een nieuw eind touw af te snijden.

Ik keek naar haar op, terwijl ik het natte haar uit mijn ogen veegde, en stak mijn voet naar haar uit. Door het water was de knoop gezwollen, en ik kreeg hem niet meer los. Zonder iets te zeggen sneed ze hem door. Toen stak ze haar hand uit. Ik nam hem aan, en ze trok me overeind.

Maar ze liet mijn hand niet los. Voordat ik hem kon terugtrekken, sloeg ze een nieuw stuk touw om mijn pols, greep mijn andere hand en legde een knoop. 'Waar is het mes?' vroeg ze.

Ik staarde haar aan. Liet ze me niet gaan?

'Het mes?' vroeg ze nogmaals.

Ik gaf geen antwoord.

Ze duwde me tegen de rotswand en fouilleerde me. Toen ze het mes in mijn schoen vond, keek ze me boos aan. 'Mijn mes,' zei ze. Inderdaad, dat had ik onderweg van haar gejat. Met het mes sneed ze nog een eind touw af, waarmee ze mijn handen weer aan het zadel vastbond. Ze pakte de teugels van het paard en leidde hem langs het modderige pad, en ik strompelde achter haar aan.

HOOFDSTUK
30

Nadat we voor de nacht ons kamp hadden opgeslagen reisden we de hele volgende dag verder, waarbij ik steeds op de uitkijk was naar spoorzoekers. 's Middags schuilden we voor een onweersbui in Kikkergat, zittend op de aangestampte aarden vloer van een lemen hut, terwijl buiten de regen omlaag gutste. Kerrn zat in kleermakerszit en inspecteerde de zoom van haar mantel. Er was weinig licht, dus volgens mij kon ze niet veel zien.

Ik zat met mijn rug tegen een van de lemen muren omhoog te staren naar het dak, dat was gemaakt van repen cactus en gedroogde palmbladeren die door elkaar waren gevlochten. De regen roffelde op het dak als duizenden rennende voeten. De vogel stond in de deuropening naar de regen te kijken. Mijn maag rommelde.

Ik leunde met mijn voorhoofd tegen mijn gebonden handen. Het zou lastig worden om dit allemaal uit te leggen in mijn volgende brief aan Nimmeral. En als we bij de herberg kwamen, als we die ooit nog bereikten, zou Rowan niet bepaald blij met me zijn.

Ik keek langs de vogel door de open deur naar buiten. Terwijl we hadden zitten praten was de onweersbui verder getrokken; het zilvergrijze gordijn van regen opende zich om de woestijn rondom het dorp te onthullen, glinsterend van de druppels die goudkleurig gloeiden in de ondergaande zon.

Kerrn hees de zadeltassen op haar schouder, pakte het eind touw waaraan ik vastzat en liep naar buiten het gouden licht in, mij meetrekkend. We werden opgewacht door een oude dame die in vodden en sjaals was gewikkeld.

'Dus ze heeft je gevangen, hè?' vroeg de waterheks.

Ten antwoord hield ik mijn gebonden handen omhoog. De vogel vloog op en landde op mijn schouder, me vastgrijpend met zijn klauwen terwijl hij zijn vleugels opvouwde.

Kerrn keek de oude vrouw boos aan. 'Je zei dat hij niet die kant op was gegaan.' Ze knikte naar de weg waarlangs we waren gekomen. 'En ik heb je vijf kopermunten betaald voor die informatie.'

De waterheks schuifelde opzij en duwde iets in mijn handen. 'Kikkers brengen geluk!' zei ze, en toen scharrelde ze een van de lemen huisjes binnen.

Ik opende het pakje dat ze me had gegeven – palmbladeren gewikkeld om een stuk brood, olijven en ranzige witte kaas. De lege, holle put die mijn maag inmiddels was geworden zei me dat ik een hap van het brood moest nemen.

'Wil jij wat?' vroeg ik Kerrn met volle mond, haar het pakketje voorhoudend.

Ze antwoordde niet, maar marcheerde over het dorpsplein naar haar paard. Ik volgde aan het einde van mijn touw, spetterend door plassen, terwijl ik groene olijven at van een touwtje. Niet zo lekker als Bennets beschuitjes, maar genoeg om de honger te stillen die met kleine scherpe tandjes aan me had geknaagd sinds ik Dessa had verlaten. Ik hield een stukje brood omhoog, zodat de vogel erin kon pikken.

Kerrn besteeg haar paard en zette het in stap; de laatste stukjes brood en kaas wegkauwend volgde ik. Ik nam aan dat we de hele nacht door zouden lopen om de tijd in te halen die we hadden verloren door de stortbuien.

Kikkergat lag aan een kruising. We wilden net de weg inslaan die om Dessa heen leidde, naar de herberg, toen drie ruiters op ons af galoppeerden.

Krrr, zei de vogel in mijn oor.

De mannen staken af als donkere silhouetten tegen de ondergaande zon. Toen ze dichterbij kwamen en hun paarden inhielden, zag ik dat ze het uniform droegen van de paleiswacht van de tovenaar-koning.

De paarden bleven staan en versperden ons de weg.

'Wat moeten jullie?' vroeg Kerrn, en ze legde haar hand op de greep van haar zwaard.

De leider stak zijn hand op. Zijn vingers waren kort, alsof ze bij de eerste knokkel waren afgehakt. 'Ik ben Halfvinger, kapitein van de wacht van heer Jagos.' Hij knikte naar mij. 'Ik ben gestuurd om hem daar te halen. En het juweel dat hij bij zich draagt.'

Kerrn keek fronsend op me neer. Ik staarde terug. Als ze het touw doorsneed waarmee mijn handen waren gebonden kon ik haar helpen de bewakers te verslaan.

Halfvinger dreef zijn paard wat dichterbij. Hij leunde naar voren. 'Onze heer wil hem slechts spreken, en zal hem daarna terugbrengen naar zijn vrienden.'

Mijn hart begon wild te bonken. De bewaker loog; Jagos wilde niet alleen maar met me praten. Ik had zijn locus-steen gestolen. Hij wilde me vermorzelen, zoals hij de kleine hagedis had vermorzeld. 'Kerrn, laat ze me niet meenemen,' zei ik.

De twee andere bewakers dreven hun paarden op tot ze achter Kerrn stonden, zodat ze werd omsingeld.

Kerrn keek even naar hen, en toen weer naar mij. Ze knikte.

Met één hand rukte ze de sjaal van haar hoofd, zodat ze beter kon zien; met de andere trok ze haar zwaard en maaide ermee naar Halfvingers hoofd.

De vogel vloog op van mijn schouder. Ik bukte om niet in de weg te staan, maar ik kon niet al te ver duiken omdat mijn touw aan Kerrns zadel zat vastgebonden.

Boven me hoorde ik het klang-klang van zwaard op

zwaard en een schreeuw van Halfvinger. Kerrns zwaard suisde omlaag en sneed het touw door.

Ik hurkte en pakte twee handen zand, draaide me om om een doelwit te zoeken en gooide het naar een van de bewakers. Hij schreeuwde en haalde naar me uit met zijn zwaard. Ik dook achter Kerrns paard, en het dier sprong opzij en duwde me omver. Liggend op het zand keek ik op en zag een bewaker, een donkere schaduw tegen de oranje hemel, iets uit zijn laars trekken, naar voren leunen en het in Kerrns rug steken.

Kerrn hapte naar adem, tuimelde van haar paard en plofte als een zak stenen op het zand naast me; haar zwaard viel naast mijn hoofd. Ik ging op mijn knieën zitten en dook op Kerrns zwaard af, maar Halfvinger reikte omlaag vanaf zijn paard, greep me bij mijn mantel en rukte me weg. Ik viel op mijn rug op de rotsen en het zand, en Halfvinger bracht zijn zwaard omlaag totdat de punt vlak voor mijn gezicht hing.

Hijgend draaide ik mijn hoofd om en zag Kerrn, die een stap bij me vandaag lag en me aanstaarde. Haar adem ging met horten en stoten en haar ogen waren wijd opengesperd.

'Sta op,' zei Halfvinger.

Langzaam kwam ik overeind, mijn handen nog steeds gebonden. Het einde van het touw bungelde in het zand. Ik speurde om me heen naar de vogel, maar ik zag hem niet. Halfvinger sneed een nieuw stuk touw af en bond me vast aan zijn eigen zadel.

De andere bewaker boog zich voorover naar Kerrns paard en rommelde in de zadeltas tot hij het buideltje met de locus-steen had gevonden. Hij hield het omhoog aan het koordje om het zijn kapitein te laten zien, die knikte. Halfvinger schopte zijn paard in stap.

Ik keek over mijn schouder.

In de vallende schemering lag Kerrn op haar rug midden op de weg. De vogel cirkelde omlaag en landde op de grond naast haar. Toen rukte het touw aan me, en de mannen van de tovenaar-koning voerden me weg.

HOOFDSTUK

31

Strompelend achter Halfvinger en zijn mannen
speurde ik de weg af. Hij leidde naar de bergen
waarachter de zon net was ondergegaan. De hemel
kleurde donkerpaars.

'Waar gaat deze weg heen?' vroeg ik ten slotte.

'Het fort van de tovenaar-koning,' zei Halfvinger.

Zijn fort?

Ik slikte een brok plotseling opkomende angst weg. Ik stoof naar voren en pakte met mijn gebonden handen de halve vingers van Halfvinger, die de teugels vasthielden. 'Breng me daar niet heen,' zei ik.

Hij schudde me van zich af. 'Stil.'

De hemel begon donker te worden; de avondlucht voelde plotseling kil, en ik huiverde. Ik moest zien te ontsnappen en Rowan zien te bereiken – zelfs als ik dan de locus magicalicus moest achterlaten.

'Alstublieft,' zei ik, weer aan zijn arm hangend.

Deze keer, toen hij me afschudde, veegde ik met mijn gebonden handen langs zijn uniform en jatte zijn mes van zijn gordel en liet het in mijn mouw glijden, onder mijn mantel. Ik vertraagde mijn pas tot ik weer aan het einde van mijn touw liep. Een tijdje gingen we in stilte verder. Halfvinger keek naar me over zijn schouder; ik betwijfelde of hij veel kon zien, nu het steeds donkerder werd. Zijn twee mannen reden zwijgend naast hem.

Toen hij weer wegkeek, liet ik het mes in mijn hand glijden. Ik klemde het tussen mijn handpalmen, boog mijn hoofd – hopend dat Halfvinger zich niet zou omkeren – nam het heft van het mes tussen mijn tanden en haalde het heen en weer langs het touw. De kapitein van de wacht hield zijn messen goed scherp. Twee keer op en neer, en mijn handen waren vrij. Ik hield het uiteinde van het touw vast en keek op. Halfvinger en zijn mannen keken voor zich uit en hadden niets gemerkt.

Ik haalde diep adem, liet het touw los, draaide me om en struikelde over een steen. Verdorie! Ik krabbelde overeind en begon te rennen. Achter me schreeuwde een van de bewakers.

Precies op dat moment kwam de maan tevoorschijn; de weg voor me werd verlicht als een rivier van melk. Ik rende verder, op zoek naar een zijpad, maar het enige wat ik zag was een werveling van schaduwen en doornstruiken. Als ik me verstopte en dan terugging naar Kikkergat zou de waterheks me misschien helpen. Misschien was Kerrn in orde, en dan konden we samen naar de herberg gaan. Ik racete verder – tot iets mijn voet greep en ik voorover tuimelde en met een smak op de rotsige weg landde. Ik rolde om, reikte omlaag, voelde touw en graaide naar het mes om het door te snijden. Paardenhoeven knerpten over de weg, en een tweede lus van touw viel over mijn armen en werd strakgetrokken.

Ik keek op en hield mijn adem in. Beide bewakers hielden een stuk touw vast. Tussen hen in baadde Halfvinger in het maanlicht, waardoor hij eruitzag als een standbeeld gemaakt van sluipzilver.

'Laat het mes vallen,' zei hij. 'En sta dan op en stap er bij vandaan.'

Ik dacht er even over na en deed wat hij gezegd had.

Hij steeg af en pakte het mes op, terwijl hij me in de gaten bleef houden. 'Draai je om.'

Langzaam draaide ik me om. Zou hij me in mijn rug steken, zoals een van zijn bewakers bij Kerrn had gedaan? Ik trok mijn schouders op.

'Doe je handen op je rug,' zei Halfvinger.

Dat deed ik, en hij bond ze vast. Het touw brandde op de opengeschuurde huid van mijn polsen. Ik hield me gedeisd. Hij had me tenminste niet gestoken met zijn mes.

Hij legde nog een touwlus om mijn nek, maar liet die

losjes hangen, als een strop. Toen ging hij terug naar zijn paard, bond het nieuwe touw aan het zadel en steeg op. Hij wees naar de weg. 'Jij voorop.'

Ik ging voorop en leidde ze naar het fort van de tovenaar-koning.

We liepen lange tijd verder, en de maan volgde ons spoor, hoog boven ons in de paarszwarte nachthemel. Eén keer stopten we. Halfvinger liet de paarden drinken, maar ik kreeg niks. Ik slikte het stof weg en bleef rustig staan, met mijn hoofd omlaag, en probeerde na te denken. Jagos wilde dat ik naar zijn fort werd gebracht. Waarom? Om me te doden?

En waarom had hij een fort buiten Dessa? Zijn macht kwam van de magie, en de magie was in de stad, niet hier in de woestijn. Het was gewoon niet logisch.

Ik dacht aan Kerrn, op het kruispunt bij Kikkergat. Het mes was haar rug binnengedrongen, maar ze had nog geademd toen ze me wegvoerden. Misschien was de wond niet zo diep geweest. En ze had haar paard en de vogel. Misschien lukte het haar de herberg te bereiken en Rowan te vertellen wat er was gebeurd. Maar zelfs als Kerrn dat deed, wat kon Rowan dan uitrichten? Ze was boos op me; misschien wilde ze me helemaal niet helpen. Misschien ging ze wel zonder mij terug naar Wellekom.

Halfvinger en de bewakers stegen weer op en wachtten tot ik begon te lopen. Toen gaven ze hun paard de sporen en volgden me.

Zo sjokten we verder, door de nacht. Ik liep langzaam, en zelfs de paarden leken moe en lieten hun hoofd hangen.

Er hing iets in de lucht, dat voelde ik in mijn botten. Het was geen magie, dacht ik, want het voelde zwaar, als onheil, of als een nest met duizenden killeralen. Terwijl we verder liepen werd het gevoel sterker, alsof ik ernaartoe werd gezogen.

Eindelijk kleurde de lucht grijs – en bleef grijs, want de donderwolken hingen laag boven ons hoofd. Het onheilspellende gevoel verdween nu de hemel lichter werd.

Ik struikelde en keek weer voor me, de weg af.

Het fort. Het was gebouwd van gladde witte steen, met hoge muren eromheen en vierkante torens op de vijf hoeken en een hoge, smalle toren in het midden, die als een knokige vinger de hemel in priemde. Toen we dichterbij kwamen brak een zonnestraal uit het wolkendek en verlichtte de toren, die schel schitterde, als oude gladgesleten gebleekte botten.

Het onheilspellende gevoel was van het fort gekomen. Ik stopte midden op de weg. Halfvinger zei niets; hij en de bewakers reden langs me heen tot het touw om mijn hals zo strak stond dat ik struikelend achter ze aan moest.

We kwamen bij de hoge muren die zo dik waren dat de poort van het fort een donkere, vochtige tunnel vormde. Door de poort bereikten we een binnenplaats.

Die was leeg. Voor ons lag het fort, een enorm blok van witte steen, met smalle spleten als ramen en een gigantische voordeur die stevig op slot zat en versterkt was met stalen banden.

Achter ons, in de tunnel door de muur, sloot een andere deur met een dreunende klap, en ik hoorde kettingen en sloten ratelen.

Halfvinger klom van zijn paard. Hij pakte mijn strop-touw beet, dus toen hij begon te lopen moest ik hem wel volgen een zijdeur in, door een brede, witte, stoffige gang en wat bochtige trappen op. Hoger en hoger gingen we. Een van de torens in, vermoedde ik. Zat Jagos daar op me te wachten? Mijn hart bonkte, terwijl ik hijgend Halfvinger probeerde bij te houden.

Hij stopte bij een deur naast de trap en rukte me aan het touw naar zich toe. Toen pakte hij zijn mes. Voor ik me kon loswurmen had hij het mes gebruikt om het touw om mijn hals door te snijden en vervolgens het touw om mijn handen. Hij opende de deur en duwde me naar binnen.

De deur sloeg achter me dicht en werd op slot gedraaid. Een puzzelslot, zo te horen, met een driekartelige sleutel en een dubbele flens.

Ik haalde diep adem en keek om me heen.

Beste Nimmeral, dacht ik, terwijl ik de kamer bestu-deerde. *Ik blijf een tijdje logeren in het fort van Jagos.* De kamer was ruim – misschien vijftien passen in omtrek – en leeg, op het stof na. De wanden waren van witte steen. De lucht was koud en droog. Het was er schemerig – het enige licht kwam door een raampje hoog in de muur, niet meer dan een smalle spleet. Ik liep erheen, sprong omhoog en greep met mijn vingers de vensterbank; ik trok mezelf op en liet mijn kin op het steen rusten om naar buiten te kijken. De muren waren dikker dan mijn arm, dus ik zag alleen een klein stukje woestijn en in de verte de bergen. Ik liet me weer op de vloer vallen, waarbij een wolkje stof opsteeg. *Mijn kamer heeft mooi uitzicht,* voegde ik toe aan de brief in mijn hoofd. Ik bekeek de gladde, witte muren.

En de muren zijn keurig glad gepleisterd.

Ik gleed langs de muur omlaag en ging op de stoffige vloer zitten. Mijn botten deden pijn van vermoeidheid. Ik leunde met mijn hoofd achterover tegen de muur en sloot mijn ogen. Ze zouden me niet doden. Althans, niet meteen. Als dat het plan was geweest, hadden ze het wel gedaan meteen nadat ze me bij Kerrn hadden weggehaald. Dus ze hadden nog meer voor me in petto.

Ik gleed verder omlaag om met mijn rug tegen de muur te gaan liggen. Hoewel ik me zorgen maakte over wat Jagos met me van plan was, was ik te moe om wakker te blijven. Mijn oogleden zakten dicht en ik viel in slaap.

Toen ik een tijdje later wakker werd, was de kamer donker en hoorde ik een sleutel draaien in het slot. De deur zwaaide open en een vlaag stoffige lucht blies de kamer in. Krakend kwam ik overeind en leunde tegen de muur. Halfvinger kwam binnen; hij had een lantaarn bij zich waarin een morsig groen weerlicht brandde en een dienblad met brood en een kan water. In de duistere deuropening zweefde een Schim die naar me keek met zijn paarsgloeiende oog.

'Trek je kleren uit,' zei Halfvinger, 'en trek dit aan.' Hij gooide een hemd en een broek op de vloer. Een wolkje stof waaide op en dwarrelde weer neer.

Ik keek naar de kleren, toen naar Halfvinger, en schudde mijn hoofd.

Hij deed een stap naar voren. Het groene weerlicht vlamde op. 'Als je het zelf niet doet,' zei hij zachtjes, 'laat ik je wel even helpen door hem daar.' Hij knikte naar de Schim achter hem.

Nee, dat soort hulp hoefde ik niet. Ik trok de zand-kleurige mantel over mijn hoofd en liet hem op de grond vallen.

'Laat me je handen zien,' zei Halfvinger.

Ik hief mijn handen, die leeg waren.

Hij knikte en keek aandachtig toe terwijl ik de rest van mijn smerige, stinkende kleren en mijn schoenen uittrok en de spullen aantrok die hij had meegebracht. Ze waren te groot. Ik rolde de mouwen van het hemd op en trok het koord aan de bovenkant van de broek strak, maar hij slob-berde nog steeds om me heen.

Ik bukte om mijn oude kleren op te rapen.

'Stop,' zei Halfvinger; hij legde zijn hand op de greep van zijn zwaard. 'Achteruit.'

Ik kwam overeind en deed wat hij gezegd had. De Schim bleef toekijken vanuit de deuropening. Halfvinger liep naar mijn hoopje kleren, duwde ertegen met zijn voet, bukte zich en pakte mijn hemd op. Het was gerafeld en vies. Binnen een seconde had hij de slotenkrakersdraadjes gevonden die in de kraag zaten genaaid. Hij knikte, raapte de rest van mijn kleren en mijn schoenen bij elkaar en droeg ze de kamer uit. De Schim zweefde achter hem aan. De deur sloeg achter ze dicht en werd op slot gedaan.

Verdorie. *Ze zorgen heel goed voor me, Nimmeral,* voegde ik toe. *Voorlopig ga ik hier niet weg.*

HOOFDSTUK
32

Het brood was zo hard als steen, maar nadat ik het in het water had laten weken, at ik en dronk ik. Daarna was ik moe genoeg om te gaan slapen, maar eerst moest ik proberen te ontsnappen.

Ik probeerde de deur. Zonder mijn slotenkrakersdraadjes zou ik het slot nooit open krijgen. De scharnieren zaten aan de andere kant, dus daar kon ik ook niets mee beginnen.

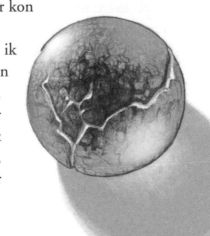

Vervolgens probeerde ik het raam. De muren waren net zo dik als ik lang was, en het raam was niet meer dan een smalle spleet. Als ik er zijdelings in ging liggen, kon ik misschien net ver genoeg kruipen om naar buiten te kijken. Misschien zaten er wat handige scheuren in de muur, aan de buitenkant; misschien kon ik naar beneden klimmen en zo wegkomen. Ik sprong op, greep de vensterbank beet en hees mezelf op. Ik wurmde mezelf op mijn zij de opening in en schoof naar voren. Buiten hoorde ik de wind *sssj-sssjt* langs de toren blazen.

Ik werkte mezelf verder de spleet in tot ik mijn kin over de ruwe rand kon steken en omlaag kon kijken. De muur was dik en glad, net als binnen. En het was veel te hoog om te springen. Ik wurmde mezelf er weer uit en liet me op de vloer van mijn cel vallen.

Verdorie. Ik zat vast.

Ik ging met mijn rug tegen de muur liggen om te slapen. Mijn ogen vielen net dicht, toen ik gefladder hoorde bij de raamspleet.

Daar zat een vogel. Hij vouwde zijn vleugels weg en keek me aan met zijn scherpe, gele oog.

'Hallo,' zei ik, terwijl ik rechtop ging zitten. Mijn stem klonk ijl in de lege kamer.

Awk, zei de vogel.

'Heb je een brief voor me?' vroeg ik.

Dat had hij. Hij vloog omlaag vanuit het raam naar de vloer en liet toe dat ik het opgerolde papiertje uit het kokertje om zijn poot haalde. Een brief van Nimmeral.

Rafael,

Het is tien dagen geleden dat ik je laatste brief ontving.
Er zijn twee mogelijkheden: of je hebt je belofte om rapport
uit te brengen verbroken of je hebt jezelf in Dessa in de
nesten gewerkt en kunt me nu niet schrijven. Daar heeft
Jagos iets mee te maken, denk ik, afgaande op je vorige
brief. Ik vertrouw erop dat lady Rowan in veiligheid is;
zij weet tenminste hoe ze zichzelf moet redden.

    Als je dit ontvangt, schrijf dan meteen.

– Nimmeral

Ik had niets om mee te schrijven, maar Nimmeral zou woest worden als hij niets van me hoorde.

Ik bekeek zijn brief nog eens.

Natuurlijk had ik wel iets om mee te schrijven.

Voorzichtig scheurde ik een paar snippers van het papier, snippers waarop woorden stonden. Met mijn tanden rukte ik de zoom van mijn mouw los. Toen trok ik een draadje los en beet het af. Ik pakte de snippers waarop stond 'Rowan in veiligheid', scheurde 'niet' van 'kunt me nu niet' en voegde er 'in Dessa' bij, rolde de snippers in elkaar en bond ze samen met een stukje draad. Toen stelde ik nog een boodschap samen – 'Rafael' en 'in de nesten gewerkt' en 'daar heeft Jagos iets mee te maken' – en bond ook die snippers bij elkaar met een draadje. Ik liet beide briefjes in het kokertje glijden dat aan de poot van de vogel vastzat.

'Vliegen maar,' zei ik. Nimmeral zou de briefjes wel begrijpen; en hij zou onmiddellijk geloven dat ik mezelf in de nesten had gewerkt. Ik wist alleen niet zo goed wat hij eraan zou kunnen doen.

De zwarte vogel fladderde naar de diepe vensterbank en ging daar zitten, hupte naar voren en lanceerde zichzelf de grauwe dag tegemoet.

Ik hoopte maar dat hij zou opschieten. Toen ging ik slapen.

Ik werd wakker van het kling-klang-klik van de sleutel die het puzzelslot opendraaide, en toen zwaaide de deur open.

'Lothfalas,' zei een stem met een scherp accent, en de kamer vulde zich met helder licht.

Ik knipperde de sterretjes uit mijn ogen. Jagos stapte naar binnen, met zijn locus magicalicus in zijn hand. Op zijn schouder zat een grote, harige bobbel. Halfvinger stond in de deuropening achter hem en in de gang buiten zag ik Schimmen die weg deinsden voor het licht.

'Aha, daar ben je,' zei Jagos. 'Mijn zwarte schaduw.'

Ik was niet van hem. Ik kwam overeind en leunde tegen de muur, zonder iets te zeggen. Misschien zou hij me vertellen waarom hij me hierheen had laten brengen.

'Geef me mijn stoel,' zei hij, zonder zijn blik van me af te wenden. Achter hem gebaarde Halfvinger naar iemand anders. Een ogenblik later verscheen de stoel; de kapitein van de wacht zette hem in de kamer en ging toen weer de deuropening staan versperren.

Jagos maakte het zich gemakkelijk op zijn stoel. Het licht uit de locus-steen scheen fel en vulde de kamer met scherpe schaduwen. De bobbel op zijn schouder draaide zijn kop om, en ik zag dat het een witte kat was met een platte snoet, puntige oren die naar achteren wezen, felle roze ogen en een lange witte staart.

'Mijn Schimmen hebben je lange tijd in de gaten gehouden,' zei hij. 'Ik weet wie je bent, Rafael. Geen bediende van lady Rowan, maar een spion en een dief. Ik durf zelfs te veronderstellen dat jij de jonge tovenaar bent die vorig jaar onze plannen in Wellekom heeft gedwarsboomd.'

Onze plannen? 'Wat bedoel je?' vroeg ik.

'Had je dat dan niet beseft?' Hij glimlachte. 'De tovenaar Pettivox en Onderheer Kraay. Ze wisten zelf niet welke rol ze speelden, maar ze hebben ons doel gediend. We hebben ze voorzien van sluipzilver en van de bouwtekeningen voor het apparaat. Ze waren bezig de magie van Wellekom te verzwakken, zodat ik mijn slag kon slaan. En dat zou ze gelukt zijn, als jij je er niet mee had bemoeid.'

Ik schudde mijn hoofd en probeerde deze nieuwe gedachte tot mijn hersens te laten doordringen. Kraay en Pettivox, en hun apparaat. Dat was allemaal onderdeel geweest van een ander plan – Jagos' plan? 'Waarom?' vroeg ik. 'Ik bedoel, waarom viel je de magie van Wellekom aan?'

'Ik kan wel een betere vraag bedenken,' zei Jagos. Zijn lange, dunne vingers aaiden zijn locus magicalicus, die als een plas gestold bloed in zijn handen lag. 'Waarom ben je hierheen gebracht, schaduw van me? Die vraag zal jouw slimme hersens wel bezighouden, nietwaar?'

Die vraag hield mijn hersens inderdaad bezig; daar had ik Jagos niet voor nodig.

'Goed, ik zal het je vertellen,' zei Jagos. 'Ik heb je niet hierheen gebracht. Dat heeft zij gedaan.'

Zij?

Vanaf zijn schouder keek de witte kat me aan met felle ogen. Jagos lachte een heimelijk glimlachje.

'Arhionvar heeft je gebracht,' zei hij.

Ik staarde hem aan. Wat bedoelde hij?

'Je begrijpt me toch wel, kleine zwarte schaduw?' zei hij. 'Arhionvar is een magie, net als de magie van jouw stad. Arhionvar is hier. Ze heeft jou gekozen, net zoals ze mij heeft gekozen.'

O. Het onheilspellende gevoel dat ik bij het fort had gehad. Het was een magisch wezen, zei hij. Maar magie zonder een stad? Dat klopte niet. Dat kon gewoon niet waar zijn. Ik begreep er niks van, wat Jagos ook beweerde.

'En omdat Arhionvar jou wil,' zei Jagos, 'zullen we je helpen. Om te beginnen zullen we je helpen een nieuwe locus magicalicus te vinden.'

Een nieuwe locus-steen? Ik duwde mezelf van de muur af en staarde hem aan.

Jagos glimlachte. 'Aha. Ik zie dat dat je belangstelling wekt.'

Zeker.

'Vuurwerk is je huidige methode, meen ik, aangezien je geen locus-steen meer hebt. Dus zal ik je sluipzilver geven. En tourmalifijn, en alle andere stoffen die je nodig hebt. Je kunt mijn werkplaats gebruiken. Ik zal je een zoekspreuk leren, en dan kun je vuurwerk gebruiken om hem toe te passen.'

Een zoekspreuk? Dat was een heel goed idee. Ik kende geen zoekspreuken; ik vroeg me af of Nimmeral er een kende.

'Daarmee zullen we je locus-steen wel vinden. Zou dat niet fijn zijn? En dan kun je je bij ons aansluiten.'

Ik schudde mijn hoofd. Als ik mijn locus-steen zou vinden, zou dat meer dan fijn zijn. Maar ik was niet van plan me aan te sluiten bij Jagos, met zijn onheilsmagie.

Jagos fronste zijn wenkbrauwen. 'Goed, dan.' De witte kat op zijn schouder gaapte en toonde haar lange, puntige tanden. 'Ik zal je een nacht geven om erover na te denken. Arhionvar zal je wel overtuigen.' Hij kwam overeind. 'Een prettige nacht, kleine schaduw van me.'

Jagos nam het felle licht met hem mee en verliet met

de kapitein van de wacht de kamer. De deur zwaaide in het slot.

Tegen de tijd dat ze weggingen was ik zo moe dat de gedachten door mijn hoofd tolden. Net als het spreukwoord dat de magie van Wellekom tegen me had gezegd. *Damrodelodesseldessaelarhionvarliardenlies.*

De naam van de onheilsmagie was Arhionvar. *Arhionvar.* Een deel van het spreukwoord. De magie van Wellekom wist dus alles van de onheilsmagie. Daarom had ze me naar Dessa gestuurd. Ik moest afrekenen met Arhionvar.

Denkend aan magische wezens zonder stad, zoekspreuken en Jagos' vreemde kat viel ik in slaap.

In het donkerste deel van de nacht werd ik wakker. De duisternis drukte op mijn ogen.

Er was iets in de kamer. Ik voelde het op me drukken als koude steen, totdat ik moeite had met ademhalen. Ik ging rechtop zitten, kroop in een hoek en opende mijn ogen zo wijd mogelijk, worstelend met het duister, in een poging iets te zien. Killeralen? Ik wachtte op de zachte, ijzige aanraking van een killeraal in mijn nek. Er gebeurde niets; ze kwamen niet.

De lucht werd zwaarder, en het gevoel van onheil borrelde op in mijn maag en verspreidde zich door mijn armen en benen en omhoog naar mijn hoofd tot ik alleen nog maar aan onheil kon denken. Ik hoorde mijn eigen ademhaling, hortend en stotend, en daarachter de bulderende stilte van de kamer. Was er een Schim bij me in de kamer?

Nee, geen Schim. Het was Arhionvar.

Lange tijd lag ik opgekruld in een hoekje, mijn ogen stevig dichtgeknepen en mijn tanden op elkaar geklemd, zodat ik het niet zou uitschreeuwen. De onheilsmagie keek naar me, en wachtte. Ik voelde me alsof ik versteend was.

Langzaam verdween het kijkende onheil, als een zware hand die van mijn hoofd werd opgetild. Na een tijdje kwam ik weer op adem en stopte ik met trillen, en ik ging tegen de muur zitten. De nauwe raamspleet was grijs geworden – de ochtend was gekomen.

HOOFDSTUK
33

In het vage, grauwe ochtend- licht hoorde ik de sleu- tel in het slot, en ik kwam overeind.

Het was Jagos, met zijn kat. Met een scherpe blik keek hij me aan. 'Slecht geslapen?'

Ik haalde mijn schou- ders op.

'Ben je nu overtuigd?' vroeg hij.

Ik schudde mijn hoofd. Nee.

Jagos riep weer om zijn

stoel en ging zitten. Zijn locus magicalicus hield hij in zijn hand. In de schemerige kamer leek de steen dof en donker. Donkerder dan eerst, dacht ik, alsof het verval zich had verspreid vanuit de rotte kern. Dat betekende dat Jagos ook aan het afsterven was, verzwakt, bijna aan het einde van zijn krachten.

'Een mooie edelsteen,' zei Jagos. 'Net als jouw locus magicalicus was.'

Ik knikte. Alleen had mijn steen geen giftige, rottende kern gehad.

'Zie je?' zei Jagos. 'Jij en ik, wij lijken op elkaar.'

Ik knipperde met mijn ogen. 'Niet waar.'

'Probeer nou even niet zo dom te doen, schaduwjongen. Wij zijn hetzelfde. Ik zal het je bewijzen. Ik heb informatie ontvangen. Jouw lady Rowan heeft je in de steek gelaten en is gevlucht, terug naar Wellekom. Je bent verbannen uit je stad door je collega's en vrienden. Je eigen meester heeft je verstoten. Je bent helemaal alleen, nietwaar?'

Ik haalde mijn schouders op.

Jagos fronste zijn wenkbrauwen. 'Voordat je een tovenaar werd, was je ook alleen, toch? De ongelukkigste, eenzaamste persoon in de hele stad?' Hij knikte. 'Toen Arhionvar naar Dessa kwam, was de magie van de stad verzwakt doordat bijna al het sluipzilver uit de grond was gehaald. Arhionvar wist dat ze de stad kon innemen, maar ze had een tovenaar nodig die het werk voor haar kon uitvoeren. Ze verkoos mij boven alle andere tovenaars in de stad, omdat mijn familie me had verkocht aan een meester die ik haatte. Jouw Wellekom-magie koos jou, schaduwjongen. Niet omdat je zo'n geweldige tovenaar bent, maar omdat je net zo bent als ik. Alleen.'

Terwijl hij sprak begon mijn hart te bonken, en ik leunde tegen de muur omdat mijn knieën knikten. Hij had gelijk. Voordat ik Nimmerals zakken had gerold in een steegje in Schemering was ik de eenzaamste persoon in Wellekom geweest, zeker weten.

'En nu ben je verstoten door je eigen magie,' vervolgde Jagos. Het duister in zijn ogen groeide en verjoeg het blauw, zijn stem klonk dieper. 'Je bent weer alleen. Maar Arhionvar wil je onder haar hoede nemen. Sluit je bij ons aan, dan kun je weer magiër zijn. Dan hoef je niet meer alleen te zijn.'

Ik schudde mijn hoofd. 'Wellekom heeft me niet verbannen, de magie heeft me gestuurd.'

'Als je dat denkt, lieg je tegen jezelf,' zei Jagos. 'Je hebt geen locus magicalicus. De magie heeft niets meer aan je.'

Ik slikte een golf van angst en paniek weg. 'Ik sluit me niet bij je aan, Jagos,' zei ik.

Hij leunde naar voren, zijn ogen waren als lege vensters. 'Ik kan wel zien, schaduw van me,' zei hij, 'dat je hier nog wat langer over moet nadenken. Arhionvar komt nog een paar nachten bij je langs. Ik kom terug als je overtuigd bent.'

De tweede nacht alleen in het donker was erger dan de eerste. Ik voelde me als een natte dweil, en de onheilsmagie pakte me op en wrong me uit tot ik droog was, rekte me toen helemaal uit en scheurde me aan flarden. Ze drong mijn hoofd binnen en liet me denken aan alle nare dingen die me ooit waren overkomen. De verbanning uit Wellekom, Hartenlust een ruïne, Bennet gewond. Dee dood en koud. De cel vol killeralen onder het huis van Pettivox. Nimmeral die zei dat hij geen leerling nodig had. Huiverend in tochtige portieken, zonder iets te eten. Die keer dat ik een kamer binnen werd geleid en daar Zwarte Maggie zag liggen, mijn moeder, roerloos en wit en koud. Mijn moeder, die mij alleen achter had gelaten.

Nee. De vogel was onderweg naar Nimmeral. Ik was niet alleen. Ik duwde de flarden herinnering weg en focuste mijn aandacht op de vogel. De zwarte vogel, een duistere schaduw die over de gouden, doornige woestijn scheerde. Dan over de weidegronden en door het donkere woud, even pauzerend om uit te rusten op een hoge tak. Dan verder naar Wellekom. In mijn hoofd zag ik hem omhoog fladderen naar een raam van de academicos en met zijn snavel tegen het glas tikken. Ik zag het raam opengaan en de vogel naar binnen huppen.

Eindelijk kwam de ochtend. Ik kroop uit mijn hoekje, stram, met pijn in al mijn botten. Ik wist niet of ik nog zo'n nacht zou kunnen verdragen.

De uren gingen voorbij. Ik kon niet stoppen met nadenken over de onheilsmagie. Wat zou er gebeuren als ik toegaf, me eraan overgaf? Dan zou ik net als Jagos worden. Mijn onheilsgevoel werd steeds sterker. Ik liep naar de deur en probeerde hem, maar hij was gesloten, en toen ijsbeerde ik door de kamer en probeerde het nog eens. Nog steeds gesloten. Die verdraaide Halfvinger, die mijn slotenkrakersdraadjes had afgepakt.

De avond viel.

Ik zat met mijn rug tegen de muur, met mijn armen om mijn knieën geslagen en keek naar de raamspleet. De lucht buiten, het smalle stukje dat ik ervan kon zien, werd donkerder, maar het was nog te vroeg voor de nacht. Toen hoorde ik het gerommel van de donder, ver weg, en het begon te regenen. Het was een stortbui als een waterval, en zelfs hier hoog boven in die torenkamer kon ik de natte woestijn ruiken. Het droge stof in de kamer sloeg neer.

Bij het raam klonk geflapper en gefladder, en de zwarte vogel tuimelde naar binnen. Hij sprong op zijn pootjes en schudde de regendruppels van zijn veren. Toen vloog hij omlaag naar de stenen vloer.

Deze keer was het kokertje langer. Met trillende handen maakte ik het voorzichtig open, hield het ondersteboven en tikte tegen de bodem. Er viel een rol vochtig papier uit, samen met twee dubbelgevouwen draadjes – slotenkrakersdraadjes. De brief was natuurlijk van Nimmeral, maar de regen was het kokertje binnengedrongen, waardoor er alleen nog inktvlekken over waren. Dat gaf niet. Ik kon wel raden wat hij geschreven had.

HOOFDSTUK
34

Ik had de hele nacht de tijd, voordat er iemand naar me toe zou komen. Zodra de zon onder was liep ik met de draadjes naar de deur. Ik had het slot vaak genoeg open en dicht horen gaan om precies te weten hoe het er vanbinnen uitzag. Snelle handen, rustige handen, en ik klikte het slot open. Ik opende de deur op een kier en tuurde de gang in. Die was leeg en donker. Ik glipte de kamer uit en sloop door de gang, snel en stil op mijn blote

voeten. Toen de trap af, nog een gang door, en verder omlaag, tot ik op de begane grond was.

Er was niemand te bekennen. Ik voelde de loodzware druk van de onheilsmagie, die zich leek samen te ballen. Ik vermoedde dat alle menselijke bewakers zichzelf 's nachts verstopten, als de magie tevoorschijn kwam. Van de Schimmen wist ik dat niet zo zeker.

Mijn benen trilden, en ik had moeite met ademhalen. Niet genoeg eten en niet genoeg slaap. Ik bleef vlak langs de muur lopen, voor als ik zou struikelen, en sloop door de lege vertrekken op de begane grond tot ik een kleine deur vond aan het einde van een gang, die uitkwam in een hoekje van de binnenplaats.

Elke dief weet dat je eerst een andere uitgang zoekt, in het gebouw waar je iets komt stelen, voordat je je slag slaat. Als het dan misgaat, lukt het misschien niet om het voorwerp te pikken waarvoor je was gekomen, maar word je tenminste zelf niet gepakt.

Jagos had nog steeds zijn locus magicalicus, en hij en de onheilsmagie waren van plan een of andere aanval uit te voeren op de magie van Wellekom. Ze hadden vast geprobeerd de magie van Dessa te ondermijnen met het delven van sluipzilver, net zoals ze de magie van Wellekom hadden verzwakt met het apparaat van Kraay. Ik moest proberen ze tegen te houden. Maar eerst had ik een vluchtroute nodig.

Ik opende de deur naar de binnenplaats en keek naar buiten. De regen was weggetrokken en de wolken waren nu zo dun dat de maan erdoorheen scheen, net niet helemaal vol. Daardoor was de nacht vol schaduwen, maar niet aardedonker. Een goede nacht om rond te sluipen.

Ik liep stilletjes over de binnenplaats tot ik bij de dikke muur kwam en volgde die toen, van de hoofdingang af, in de hoop dat ik een kleinere deur zou vinden. Een die misschien niet bewaakt werd. En inderdaad, die vond ik, aan het einde van een gangetje dat door de fortmuur heen voerde.

Het slot op deze buitendeur was simpel. Nadat ik het had gekraakt, stopte ik de draadjes in mijn zak en zette de deur op een kier.

Die werd uit mijn handen gerukt en zwaaide wijd open.

Een schaduw doemde voor me op. 'Stil,' bromde een zware stem, en ik voelde de kille punt van een zwaard tegen mijn hals.

Ik bleef staan. Waarom hadden ze bewakers aan de buitenkant?

'Wacht,' zei Rowans stem. 'Rafi, ben jij dat?'

Ik lachte. Ik dacht dat ze nu al halverwege Wellekom zou zijn. 'Hallo, Ro.'

Argent was degene die het zwaard vasthield; het glom in het zachte maanlicht. Rowan was niet meer dan een schaduw achter hem. Ze duwde Argents arm met het zwaard omlaag, stapte langs hem heen en omhelsde me stevig.

'Alles goed?' vroeg ze, toen ze me losliet.

Ik knikte.

'Waag het nooit meer om zoiets te doen, Rafael,' zei ze.

Argent drong zich tussen ons in en greep me bij mijn

nekvel. 'Ik zou je de strot af moeten snijden,' gromde hij, 'lastpak die je bent.'

'Ja, hij is een lastpak,' zei Rowan. 'Maar hij kwam ons al tegemoet. Dat is tenminste iets, Argent. Laat hem los, dan kunnen we gaan.'

Argent liet me los.

'Ro, heb je je bewakers bij je?' vroeg ik.

Haar gezicht zag bleek in het maanlicht. 'We zijn hier allemaal, Rafi. We zoeken al uren naar een ingang. Maar we hadden niemand bij ons die het slot op deze deur kon kraken.' Ze schonk me haar scheve glimlachje. 'We waren op weg naar Wellekom, maar we gingen eerst hierlangs omdat we wel dachten dat je hier opgesloten zou zitten. Kom mee.'

Ik schudde mijn hoofd. 'Dat kan niet.'

Argent gromde. Hij had zijn zwaard nog steeds paraat. Kerrn kwam naast hem staan.

'Hallo, Kerrn,' zei ik, blij haar te zien. 'Is alles goed met je?'

'Uitstekend,' zei ze. 'Geen geklets meer, we moeten gaan.'

Ik stapte terug in de deuropening. 'Ik kan niet weg,' zei ik.

Zwijgend keken ze me aan.

'Jullie hoeven niet mee,' zei ik snel. 'Maar ik moet Jagos vinden en zijn locus magicalicus vernietigen. En als dat niet lukt, moet ik hem weer stelen.' Dat was de enige manier die ik kon bedenken om af te rekenen met Arhionvar, zoals de magie van Wellekom van me verlangde. Zonder Jagos en zijn locus magicalicus zou Arhionvar geen tovenaar hebben die zijn opdrachten uitvoerde. Zoals het delven van sluipzilver in Dessa om de magie daar te vernietigen of Schimmen maken om Wellekom aan te vallen.

De stilte duurde voort. 'Ik neem aan dat je hier een goede reden voor hebt,' zei Rowan ten slotte, met bevende stem.

Ik knikte. 'Dezelfde reden als eerst. Jullie kunnen hier wachten. Ik zal het zo snel mogelijk doen.' Toen bedacht ik me iets. 'Mag ik een zwaard lenen?'

Kerrn maakte een geluid dat verdacht veel op een lach leek. Toen huiverde ze even. 'Ik ga wel met je mee, dief, als lady Rowan dat toestaat.'

'Goed,' zei ik. 'Kom mee dan.' Ik voelde de onheils-magie om me heen wervelen. We moesten opschieten.

'We gaan allemaal mee,' zei Rowan kordaat.

'Hoeveel man telt de wacht?' vroeg Kerrn.

Ik dacht terug. 'Er zijn minstens drie bewakers, en een van hen is Halfvinger, de kapitein. Misschien zijn er nog meer, die ik niet heb gezien. En er zijn wat Schimmen, ik weet niet precies hoeveel. Daar moeten we langs, om bij Jagos te komen.' Ik besloot ze niets te vertellen over Arhionvar; het kostte te veel tijd om het uit te leggen.

Argent ging de bewakers halen. Rowan kwam naast me staan en gaf me een zwaard aan een gordel; haar eigen zwaard droeg ze om haar middel.

'Zou meester Nimmeral goedkeuren wat je gaat doen, Rafi?' vroeg Rowan op gedempte toon.

Ze wist dus niets over de vogels en de brieven van Nimmeral. 'Ja, Ro. Zeker weten,' zei ik. Mijn maag rommelde. 'Heb je iets te eten?'

Ze lachte bijna. Kerrn gaf haar iets, en Rowan gaf het weer aan mij. Een tas met eten erin, een broodje met kaas. Ik nam een grote hap. Ze stak haar veldfles uit. Ik pakte hem aan en nam een lange teug. Dat was beter.

Ik hoorde het schuifelen van voeten in het zand en Argent kwam aanlopen met zeven bewakers. Hij had er drie bij Spits achtergelaten, zei hij, die had geweigerd mee te komen.

'Ga jij maar voor,' zei Kerrn.

Ik slokte het laatste stuk van het broodje naar binnen en hing de riem met het zwaard over mijn schouder. 'Zo stil mogelijk,' zei ik, en ik leidde ze terug het fort in.

De bewakers zouden geen goede dieven zijn geweest, want hun voetstappen echoden op de stenen vloer en ze bleven elkaar en Kerrn fluisterend vragen stellen.

Ik vermoedde dat Jagos zijn werkplaats had in de hoge toren in het midden van het fort. Waarschijnlijk was er één toegangsdeur, en als er bewakers waren, zouden ze daar staan.

Een tijdje rommelden we rond in de kamers op de begane grond, als rumoerige schaduwen, tot we een brede trap vonden die omhoog leidde. Een eenzaam weerlicht gloeide zachtjes boven aan de trap. Ik liep erop af.

Ik kwam bij de bovenste trede en bleef staan; de bewakers en Rowan en Argent wachtten achter me op de trap. Boven aan de trap was een brede overloop. Het weerlicht hing aan een haak naast een deur en wierp een kleine cirkel groen, flakkerend licht op de vloer. Verder was alles duister.

Die deur leidde naar Jagos' werkplaats, zeker weten. Die zou hij vast niet onbewaakt laten. Hij zou in elk geval op slot zitten. Ik tastte in mijn zak naar de slotenkrakersdraadjes.

'Wacht hier,' zei ik over mijn schouder. Ik liet Rowan, Kerrn, Argent en de bewakers boven aan de trap achter en sloop op blote voeten naar de deur.

Ik hurkte om het slot te bekijken en legde het zwaard naast me op de vloer. Ik stak de draadjes in het slot en tastte ermee rond, om te kijken wat voor slot het was. Rustige handen, en toen een zachte, gesmeerde klik.

Verdorie. Snel trok ik het draadje eruit. Een tralieslot. Daar zat een mechaniekje in, en als ik dat in gang zette, zou het slot zichzelf weer sluiten en kon ik weer opnieuw beginnen. Dit ging even duren.

Ik keek naar de trap. Ik zag de anderen niet. Buiten de cirkel van groenig licht schemerden de schaduwen. Een zweem klamme, stoffige lucht streek langs mijn nek. 'Schimmen!' fluisterde ik. Ik ving een glimp op van een paarszwart oog en kolkende zwarte schaduwen.

Ik hoorde voetstappen de trap op rennen en het suizende geluid van een zwaard dat werd getrokken. 'Ten aanval!' schreeuwde Kerrn.

Ik schoof de draadjes in mijn zak, griste mijn zwaard van de vloer en sprong overeind. Drie Schimmen dromden samen aan de rand van de lichtcirkel en reikten naar me met lange tentakels van duisternis.

Ik viel tegen de deur aan, pakte het zwaard en zwiepte het met één hand in de richting van de Schimmen. Het zwaard sneed dwars door een van hen heen en de Schim loste op in zwarte flarden schaduw, die rondwervelden en zich toen weer om het gloeiende oog wikkelden.

Vanaf de trap hoorde ik nog meer voetstappen omhoog rennen en geschreeuw – Halfvinger en zijn mannen hadden de anderen van achteren beslopen. Een tweede weerlicht vlamde op. In het vage groene schijnsel bleek de overloop gevuld te zijn met op en neer schietende Schimmen en een hele zwerm fortbewakers met zwaarden, die in gevecht waren met de bewakers van Wellekom.

'Rafi!' schreeuwde Rowan. Ze bevond zich midden in het gevecht. Haar zwaard glom in het zwakke licht, terwijl ze een aanval van een fortbewaker afsloeg. Met haar andere hand rukte ze zijn sjaal over zijn ogen omlaag, keerde toen haar zwaard om en ramde hem tegen zijn achterhoofd. Hij stortte neer op de vloer. Een volgende fortbewaker sprong op haar af en ze tolde om haar as om zijn zwaard met haar eigen wapen op te vangen.

Weer een andere bewaker viel haar aan, en Argent schoot haar te hulp. Zijn zwaard raakte de borstkas van de man, en het bloed spatte op de vloer. De bewaker kreunde en viel achterover. Nog twee fortbewakers vielen aan.

Ik kon me niet blijven verschuilen in mijn cirkel van licht terwijl Rowan en Argent het gevecht voor hun rekening namen. Met een snelle stoot, die Kerrn me had geleerd, stak ik mijn zwaard in een van de Schimmen.

Het ging dwars door hem heen, en toen ik het terugtrok hoorde ik *plop*. Stof dwarrelde van het scherpe lemmet. De Schim suisde weer op me af, en deze keer doorkliefde ik met mijn zwaard zijn duisternis en raakte ik zijn oog van zwartzilver met een *klang* die door mijn arm heen trilde.

De Schim explodeerde in een wolk zwart stof en het zwartzilver regende op me neer, brandend op mijn huid.

Ik veegde de stomende druppels zwartzilver van me af en stapte uit de cirkel van licht, bijna uitglijdend in het zwarte stof. Snel liep ik naar Argent en Rowan, waar het gevecht het hevigst was. Ze stonden rug aan rug, met flitsende zwaarden, om zich te verdedigen tegen drie fortbewakers.

Let op je dekking, vertelde ik mezelf. Ik omklemde mijn zwaard en wierp me in de strijd. Een bewaker zwiepte zijn zwaard op me af, en ik dook weg en stootte terug, maar miste. Rowan ving mijn blik op en knikte. Toen zei ze iets over haar schouder tegen Argent, die mijn kant op keek.

Een flard schaduw wikkelde zich van achteren om mijn nek. Ik draaide me met een ruk om, hakkend met mijn zwaard, maar dat sneed dwars door de Schim heen. Het stenen gevoel verspreidde zich al. Ik hapte naar adem. Toen scheerde vlak naast me een zwaard door de lucht en stootte recht in het oog van de Schim.

De Schim ontplofte in een wolk van stof en liet me los.

Ik draaide me snel om en zag Argent nog net naar me knikken terwijl hij zijn zwaard terugtrok om een aanval van een fortbewaker te blokkeren.

Een andere bewaker viel mij nu aan, schijnbewegingen makend met zijn blinkende zwaard. Ik haalde uit met mijn zwaard, en miste Argent op een haar na. 'Voorzichtig!' schreeuwde hij, mijn wilde stoot opvangend.

'Sorry,' zei ik, naar adem happend.

Weer viel de fortbewaker me aan. Ik dook opzij, maar

hij kantelde zijn zwaard en zwiepte het naar mijn hoofd. In een wanhopige poging me te verdedigen hief ik mijn zwaard. De bewaker bukte en mijn zwaard vloog over hem heen; toen schoot het uit mijn hand, tolde om zijn as, sneed door mijn arm, vlak onder de elleboog, en rukte een gapend gat in de stof van mijn hemd. Het kletterde op de stenen vloer en gleed weg. Ik kroop erachteraan, waarbij ik een nieuwe aanval van de bewaker ontweek.

'Uit de weg!' schreeuwde Argent, die een soort dansje maakte om niet over me te struikelen.

Hij had gelijk; ze hadden niets aan me. Ik moest terug naar de deur. Ik greep mijn zwaard en probeerde te zien waar ik was.

'Rafi?' schreeuwde Rowan. Ze hield twee Schimmen in de gaten die vlak buiten het bereik van haar zwaard zweefden.

'Hier!' antwoordde ik, achter haar.

Ze draaide zich met een ruk om en greep me bij mijn arm, precies waar mijn eigen zwaard me had verwond. Au. Eerst had het geen pijn gedaan, maar nu voelde ik het maar al te goed. Het was een akelig diepe snee, tot in mijn spieren.

'Naar de deur!' Ze sleepte me bij het gevecht vandaan naar de cirkel van licht bij de deur. 'Doe wat je doen moet,' beval ze, en liet me los. Haar hand zat onder het bloed. Met grote ogen keek ze naar haar hand en toen naar mij.

'Het gaat wel,' zei ik, en ik hurkte neer bij de deur. Ik liet mijn zwaard op de vloer vallen en pakte mijn slotenkrakersdraadjes.

Ik sloot mijn ogen en tastte voorzichtig rond in het

slot. Het scherpe puntje van het draadje streek over het mechaniek. Twee stelbouten, dacht ik, en een puzzelpal met springveren, en daarvoor zat het tandwerk. Goed.

Ik sloot mijn oren voor de geluiden van het gevecht, pakte het tweede draadje uit mijn mond en stak het in het slot, luisterend of ik de klik van het mechaniek hoorde.

Ja, daar. Rustige handen, en ik schoof het tweede draadje op zijn plek.

Een gesmeerde klik, en het slot sloot zichzelf weer. Verdorie!

'Snel!' zei Rowan achter me.

'Ro, je moet dit even vasthouden,' zei ik.

Ik hoorde haar mantel ruisen, en ze zat al naast me. 'Wat?'

Ik haalde de draadjes uit het slot en hield mijn handen stil, om het nog eens te proberen. 'Houd het draadje vast, als ik het zeg,' zei ik.

Ze knikte.

Voorzichtig, voorzichtig, langs het tandwerk en de bouten en de pal. Toen het tweede draadje.

'Goed, nu vasthouden,' zei ik.

Rowan stak haar hand uit en pakte het draadje beet. Haar hand was onbeweeglijk.

Ik tastte het tralieslot af. Toen een snelle draai en twee keer een tikje en het slot klikte moeiteloos open, en ik was binnen. Ik keek Rowan zijdelings aan. 'Je zou een goede slotenkraker zijn,' zei ik. Ze grijnsde even en sprong overeind.

Mijn oren openden zich weer voor het rumoer van het gevecht, en ik keek over mijn schouder.

Halfvinger en een Schim kwamen op Rowan af.

'Kun je ze tegenhouden?' vroeg ik.

'Schiet op!' schreeuwde Rowan, en ze hief haar zwaard.

Ik greep mijn zwaard, sprong door de deuropening en smeet de deur achter me dicht.

HOOFDSTUK
35

Op de trap was het aardedonker. Nu de deur gesloten was, klonken de geluiden van het gevecht gedempt. Ik moest me haasten. Rowan en de anderen waren in de minderheid, en als Jagos de onheilsmagic tegen hen inzette, zouden ze het niet lang volhouden.

Op geruisloze blote voeten rende ik over de stenen treden omhoog. De trap wentelde omhoog, bocht na bocht. Mijn benen werden al snel moe en mijn adem verscheurde mijn longen. Bloed uit de snee droop langs mijn arm.

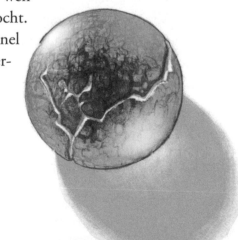

Terwijl ik verder klom leek de lucht zich te verdikken, en de onheilsmagie drukte steeds zwaarder op me. Arhionvar wist dat ik eraan kwam. Ik haalde diep adem en dwong mezelf nog sneller te gaan, stap-stap-stap, door het duister.

De deur boven aan de trap stond open; fel wit licht straalde uit de deuropening. Ik vertraagde mijn pas, hapte naar adem en wachtte tot mijn ogen waren gewend. Loodzwaar hing de onheilsmagie in de lucht; elke ademhaling was een worsteling en ik beefde tot in mijn botten. Nu ik zo ver was gekomen, wist ik niet meer zo goed wat ik moest doen. Toch beklom ik de laatste twee treden en liep naar de deuropening.

De kamer was helemaal boven in de toren; hij was schoon en netjes, en gevuld met scherpe schaduwen. In de vier muren zaten hoge ramen met brede vensterbanken, die uitkeken op de duisternis. Felle vlammen flakkerden langs de randen van het plafond en de vloer, en uit Jagos' locus magicalicus, die in een schaal vol vonkend zwartzilver lag midden op een hoge tafel, straalde een schel licht. Drie witte katten lagen om de schaal heen op de tafel. Jagos zelf zat op een kruk te staren naar de locus-steen, met nog een kat op zijn schouder. Ik vroeg me af waar hij naar op zoek was.

'Aha, Rafael,' zei Jagos. 'We wisten wel dat je bij ons terug zou komen.' Langzaam draaide hij zich om, om me aan te kijken. Zijn pupillen waren groot en doods, en duister als de vensters boven hem.

De onheilsmagie zat in zijn hoofd, zeker weten. Keek Arhionvar naar me, door Jagos' ogen? Maakte zij zijn gedachten zwaar en dof?

'Ga je ons aanvallen?' vroeg Jagos.

Ik was vergeten dat ik het zwaard vasthield. Langzaam boog ik me voorover en legde het op de vloer. Toen ik weer overeind kwam, spatten er bloeddruppels van mijn arm op de witte stenen; het bloed leek zwart in het felle licht. 'Ik wil niet met je vechten, Jagos,' zei ik.

En dat wilde ik echt niet. Hij had gelijk. Hij en ik waren inderdaad hetzelfde. We waren allebei alleen geweest. Maar ik was niet meer alleen, niet nu ik vrienden had zoals Nimmeral, Bennet en Rowan. Jagos was nog wel alleen; hij had alleen Arhionvar in zijn hoofd die hem gebruikte, die zijn eenzaamheid gebruikte. Nu begreep ik zijn echte naam. Geen wonder dat hij gebroken was.

'Je wilt ons niet aanvallen?' vroeg Jagos.

'Nee,' zei ik. 'Ik ben geen bewaker, ik ben een dief. Ik kom je locus magicalicus stelen.' Op tafel lag de steen in de vonkende schaal met zwartzilver. Hij was donkerder dan eerst; het giftige deel in de kern was gegroeid. De steen was nu een en al verval en bederf.

'Wou je hem stelen?' Jagos duwde de katten opzij en pakte de schaal op met zijn vingertoppen, alsof hij gloeiend heet was. Zwartzilver rookte en siste om de locus-steen heen. Zelfs van een afstandje kon ik zien hoe door en door verrot hij was. 'Je kunt mijn locus magicalicus niet stelen. Als je hem vastpakt, neemt Arhionvar je over, en dan ben je van ons. Hier is hij.' Hij hield me de schaal voor.

Ik haalde diep adem en stapte naar voren. Langzaam hief ik mijn hand, stak hem uit naar de schaal en pakte de locus magicalicus van de tovenaar-koning.

Als een dikke, zwarte golf spoelde Arhionvar via de steen mijn lichaam in. Ik hapte naar adem, terwijl ze zich om me heen wikkelde en met vingers als messen rond-pookte in de duisterste hoekjes van mijn hoofd. Nu ze vanuit de steen kwam, was ze veel krachtiger dan toen ik met haar in mijn cel had gezeten.

'Jij zult haar toebehoren, net als ik,' fluisterde Jagos. Zijn ogen waren groot en donker.

De onheilsmagie gierde om me heen. Ik verzette me, en de magie verstevigde haar greep. Pijn hakte op me in, schoot brandend door mijn botten. Met de pijn kwam duisternis, die steeds zwaarder op me drukte, met donker onheil. Ooit had Arhionvar Jagos op dezelfde manier aan-gevallen, en Jagos had zich overgegeven.

Met alle kracht die ik in me had, duwde ik de magie weg. 'Nee!' schreeuwde ik.

En terwijl ik duwde veranderde het duister om me heen in het gefladder van zwarte vleugels. Het werd de zwarte wol van de trui die Bennet voor me had gebreid, en de zwarte zijde van de jurk die Rowan had gedragen, de eerste keer dat ik haar zag. Het veranderde in Nimmerals zwarte ogen, die me streng aankeken. Schiet op, jongen, zei hij.

Goed.

Ik opende mijn ogen.

Jagos staarde me aan. 'We wisten dat je je niet zou kunnen verzetten. Nu zul je je bij ons aansluiten.'

'Nee,' zei ik droevig. 'Jij gaat je bij mij aansluiten.'

Ik was een tovenaar zonder locus magicalicus. En dat zou Jagos ook worden. Ik hield de rode edelsteen omhoog. Ik zag de zachte, slijmerige, rottende kern. Om dit te doen hoefde ik geen tovenaar te zijn. Ik sloot mijn hand en kneep zo hard ik kon. Met een gedempte *plop* barstte de locus-steen als een overrijpe pruim uit elkaar en viel toen als stof uiteen in mijn hand.

Jagos staarde me met open mond aan, en keek vervolgens naar het stof dat op de witte vloer dwarrelde. De zwarte vensters in zijn ogen sloegen dicht, hij knipperde met zijn ogen, en ze werden weer blauw. De kat sprong van zijn schouder op de vloer. 'Nee,' fluisterde hij.

Hij liet zich op zijn knieën vallen en begon met zijn handen het stof bijeen te vegen, het enige wat over was van zijn locus-steen. 'Nee, nee, nee, nee,' zei hij. Twee handen vol stof graaide hij bij elkaar. Het stroomde als zand tussen zijn vingers door.

Hij keek naar me op. Zijn vlechten waren losgeraakt en hingen in zijn gezicht als witte kattenstaarten; zijn blauwe ogen waren groot en bloeddoorlopen.

'Arhionvar!' gilde hij.

De woorden echoden tegen de witte muren. De magie kon hem niet horen, niet zonder locus-steen. Ik wist hoe hij zich voelde; ik was ooit ook mijn locus-steen kwijtgeraakt.

'Verlaat me niet,' jammerde Jagos. Moeizaam kwam hij overeind.

Toen draaide hij zich om, strompelde naar een van de hoge ramen en stapte op de brede vensterbank.

Ik wist wat hij wilde doen: zijn band met de magie bewijzen. Maar voor Arhionvar betekende Jagos nu niets meer.

'Nee!' schreeuwde ik, en ik rende naar hem toe.

'Arhionvar!' schreeuwde Jagos, en hij stapte het raam uit.

Ik wierp mezelf achter hem aan, plat op de venster-bank, en reikte omlaag met mijn hand.

Ik kon hem nog net vastgrijpen. Zijn hand was als een klauw. 'Hou me vast!' zei ik ademloos.

Hij staarde me aan, zijn ogen wijd open. Bloed drupte van mijn arm in zijn gezicht.

'Niet loslaten,' zei ik.

'Laat me gaan,' fluisterde hij. 'Arhionvar zal me niet laten vallen.' Hij werkte zichzelf omhoog en haalde zijn vingernagels langs de wond op mijn arm. Zijn hand glipte uit de mijne.

Een moment hing Jagos in de lucht; hij staarde me aan, en zijn lach klonk schril en angstig. Arhionvar hield hem vast, en liet hem toen los. Jagos' lach veranderde in een gil. Hij tuimelde omlaag, als een blad dat tolde in de wind, tot de duisternis hem opslokte. Hij was verdwenen.

Rowan Hinderling

Argent en ik vochten tot we de fortbewakers en de Schimmen tot staan hadden gebracht, en toen renden we de wenteltrappen op naar de torenkamer. Daar vonden we Rafi, die half uit een van de ramen hing.

Ik was bang dat hij dood was; hij zag zo bleek, lag daar zo roerloos. We wikkelden hem in een deken en Argent droeg hem het fort uit. We zochten Spits weer op, Kerrn kwam met de rest van de bewakers en we vluchtten door de woestijn.

Ik keek terug naar het fort. Het woestijnzand joeg eromheen, en ik zag dat Jagos' fortbewakers het ontvluchtten, te voet en te paard. De wind wervelde en zoog het zand op tot het fort schuilging in een enorme kolom van zand en wind en zwarte wolken.

We zijn niet gebleven om te zien hoe het afliep.

Toen we bij de kruising kwamen, liet ik Spits naar Rafi kijken, die nog steeds bewusteloos was. Vlak daarna kwam Rafi lang genoeg bij om een beetje water te drinken en iets te mompelen over <u>Arhionvar</u>, en toen viel hij in slaap.

Hij sliep in de wagen tot we bij de herberg kwamen.

Toen hij wakker werd, vroeg ik hem hoe hij de
tovenaar-koning had verslagen. Hij keek ongelukkig en
zei, dat heb ik niet gedaan. Hij heeft zichzelf verslagen.
Verder wilde hij er niets meer over zeggen. Toen
vroeg hij iets te eten. Volgens mij betekent dat dat het
wel weer goed komt met hem.

HOOFDSTUK 36

I n de herberg was ik lang
genoeg wakker om wat te eten
en een lange brief te schrijven, die ik wegstuurde met een
zwarte vogel.

Beste Nimmeral,

Met ons is alles goed. Ik ben erachter wat er aan de hand is. Onze magie wist al de hele tijd dat de problemen uit Dessa kwamen. Nimmeral, ik heb heus niet zo veel explosieven gebruikt toen ik Hartenlust opblies. De magie probeerde me iets te vertellen, maar ik luisterde niet.

Onze Wellekom-magie is bang, en ze kan niets anders doen dan afwachten. Ze vertrouwt erop dat wij haar helpen. Onze magie weet van de onheilsmagie, omdat de onheilsmagie Pettivox en Kraay heeft geholpen met het apparaat om haar gevangen te nemen. De onheilsmagie heeft de Schimmen gestuurd. Als spionnen, om te zien of onze magie al verzwakt was. En als aanvallers, om de inwoners van Wellekom bang en weerloos te maken. Ik weet niet wat ze wil. Misschien wil ze onze magie doden, maar waarom weet ik niet.

De onheilsmagie is verschrikkelijk, Nimmeral. Zij heet Arhionvar. We moeten haar tegenhouden.

Ik kom snel weer naar huis. Zeg alsjeblieft tegen Bennet dat ik alles tot de laatste kruimel zal opeten als hij beschuitjes maakt.
– Rafi

ᛁᚲ ᛗᚪᚷ ᛏᛟᚲᚻ ᚹᛖᛚ ᚹᛖᛖᚱ ᛏᚻᚢᛁᛋᚲᛟᛗᛖᚾ᛬
ᚾᛁᛗᛗᛖᚱᚪᛚ᛬

We verlieten de herberg en trokken langzaam door de velden en het woud. De dagen werden kouder en de nachten zelfs nog kouder. Rowan had mijn zwarte trui voor me meegenomen uit Dessa, en ze had bij de herberg nieuwe schoenen en sokken voor me gevonden, dus het ging wel. Maar hoe dichter we bij Wellekom kwamen, hoe meer ik naar een jas verlangde.

Terwijl ik helemaal achteraan liep dacht ik na over wat er was gebeurd in Jagos' fort. Ik vroeg me af of de magie van Wellekom me echt had uitgekozen omdat ik alleen was geweest. Ik had zo het gevoel dat Jagos er met een hoop dingen naast had gezeten, maar dat hij op dat punt wel gelijk had gehad. Hij wist hoe het was om helemaal alleen te zijn. Hij had gezegd dat zijn vader hem had verkocht, als knecht. Zijn meester moest wel erg wreed zijn geweest, dat hij zich nog liever tot Arhionvar had gewend. Ik werd beschermd door Nimmeral, Bennet, Rowan en de magie van Wellekom; hij was alleen en eenzaam geweest, en de onheilsmagie had hem vergiftigd. Ik wenste dat ik hem had kunnen helpen.

Tijdens onze reis hield Kerrn me als een havik in de gaten. Ze gaf mij, Rowan en Argent lessen in zwaardvechten. Ik kreeg nog steeds elke keer een pak op mijn donder, en Rowan plaagde me omdat ik midden in het gevecht in het fort mijn zwaard had laten vallen en daarbij bijna mijn eigen arm had afgehakt.

Zij was die avond zelf geëindigd met een snee in haar

wang, waar later een korst op kwam en waar ze uiteindelijk een roze litteken aan overhield.

Ik wist dat we dichter bij Wellekom kwamen. Het ging steeds harder regenen. Ik liep weer helemaal achteraan, maar het voelde niet als ploeteren en ik baalde niet dat het regende. In de verte wenkte de magie van Wellekom. Toen ik vertrok, had ze zo graag gewild dat ik ging dat ze me de heuvel af had geduwd, zodat de vogel me had uitgelachen. Maar nu trok ze aan me, en wilde ze dat ik me naar huis haastte.

Ik keek op. Boven aan de heuvel voor ons zag ik de weg Wellekom in voeren, en op de gebouwen langs de weg zaten honderden zwarte vogels, ritselend als bladeren in de wind. Nog meer vogels vlogen in grote cirkels boven ons en riepen awk, awk.

Voor me verlieten de anderen het karrenspoor en liepen verder over de straatklinkers, de stad in. Maar Kerrn kwam van haar paard en wachtte langs de kant van de weg tot ik bij haar was.

Ik grijnsde naar haar – ik was blij dat ik thuis was, dat mocht ze best weten.

De vogels op de huizen bleven nu roerloos zitten en keken toe. Ik wilde net mijn voet op de straatkeien zetten, toen Kerrn voor me ging staan en haar hand tegen mijn borstkas legde. 'Als je nog één stap zet, arresteer ik je.'

Ik staarde haar aan. Haar gezicht was uitdrukkingsloos.

'Had je iets anders verwacht?' vroeg ze. 'Je bent verbannen.'

O. Zoals ik een tovenaar was, zo was Kerrn kapitein van de wacht. Natuurlijk moest ze dit doen. Ik hoorde hoeven kletteren op de keien. Rowan kwam aanrijden en stopte. Ze boog zich naar ons toe en zei: 'Kapitein Kerrn, wat is er aan de hand?'

Kerrns gezicht bleef onbewogen, als steen. 'Lady Rowan, het is mijn taak om de wetten van deze stad te handhaven. Deze jongen' – ze wees naar mij – 'is officieel verbannen. Als hij een voet zet in de stad, heeft hij de wet overtreden, en dan moet ik hem arresteren.'

Rowan ging weer rechtop zitten in haar zadel en keek Kerrn aan met haar strengste blik. 'Kerrn, je weet best dat dit belachelijk is. Zonder Rafi hadden we nooit kunnen afrekenen met de tovenaar-koning. En we hebben hem nodig om de stad voor te bereiden op een mogelijke magische aanval.'

Kerrn antwoordde niet; ze keek niet eens op naar Rowan. Ze haalde haar hand van mijn borstkas. De keus was dus aan mij.

Ik keek haar aan. Toen tilde ik mijn voet op en stapte naar voren, de stad in.

HOOFDSTUK
37

In de bewakersruimte van het Dageraadpaleis doorzochten Kerrn en haar mannen elk naadje van mijn kleding, van mijn schoenen tot aan mijn zwarte trui. Ze controleerden zelfs mijn haar. Ze vonden mijn slotenkrakersdraadjes en een mes. Toen gaven ze me mijn spullen terug en duwden me voor zich uit naar beneden, naar de kerkers onder het paleis. Terwijl we de trappen af gingen werd de lucht kouder en zwaarder. Het rook er naar oude steen.

Ze duwden me in een cel en sloegen de deur dicht. De sleutel draaide in het slot. Een zwaar grendelslot met dubbele flens, zo te horen.

Dit slot had ik al eens eerder gekraakt. En ik kon het weer kraken, als ik het juiste gereedschap had. Het was de cel waarin Kerrn me had opgesloten nadat ik mijn locus magicalicus had gestolen uit de ketting van de hertogin. Het was er koud en vol donkere schaduwen; het enige licht kwam door een getralied raampje dat uitkwam op een luchtkoker. Een tafel en stoel stonden tegen een van de stenen muren, die bedekt waren met druipende schimmelplekken.

Verdorie. De zoveelste keer dat ik ergens opgesloten zat waar ik dringend weg moest. Ik moest Nimmeral spreken. Arhionvar was klaar met Jagos. Ze had diens leegte en eenzaamheid gevuld met gif en hem toen als een baksteen laten vallen. Nu had ze een nieuwe tovenaar nodig, en daar had ze mij voor op het oog. Arhionvar was ook klaar met Dessa en zou naar Wellekom komen, nu de magie verzwakt was en de mensen bang waren. We moesten ons klaarmaken om de stad te verdedigen.

Kou sijpelde van de vochtige muren mijn botten in en deed me huiveren. Om warm te blijven ijsbeerde ik door de kerker, vijf stappen heen, vijf stappen terug. Zou Nimmeral komen? Misschien wilde hij me niet zien. Ergens in het paleis boven me was Rowan met haar moeder aan het discussiëren over mijn ballingschap. Ik hoopte dat ze zou winnen, maar daar was ik niet zo zeker van.

Uren gingen voorbij.

Ik was moe, maar kon niet slapen.

Toen er sleutels knarsten in het slot draaide ik me met een ruk om naar de deur. Hij ging op een kier open, en een donkere schaduw stapte naar binnen. De schaduw sprak een woord, en een locus magicalicus vlamde op. Ik wendde mijn hoofd af van het felle licht.

'Alles goed, jongen?'

Ik knipperde de sterretjes uit mijn ogen en zag dat de schaduw Nimmeral was, die de kerker in stapte en fronsend om zich heen keek. Kerrn stond achter hem in de deuropening, haar gezicht onbewogen.

'Heel goed, Nimmeral,' zei ik. Nu wel, nu hij hier was.

'Hmpf. Ik zie dat je jezelf weer in de nesten hebt gewerkt.'

Niet *weer*. Dit waren nog steeds dezelfde nesten. 'Ik moest wel terugkomen,' zei ik. 'De magie van Wellekom loopt gevaar.'

Hij staarde me aan en trok aan het puntje van zijn baard. 'Ja. Ik heb je brief ontvangen.'

'Kun je me hier weghalen?' vroeg ik. Kon hij de ballingschap laten opheffen, bedoelde ik.

'Nee,' zei hij.

O.

Nimmeral haalde een bundel stof tevoorschijn en stak die naar me uit. Voor ik hem kon aannemen, stapte Kerrn naar voren. 'Wat is dat?' vroeg ze.

Nimmeral keek haar boos aan. 'U hebt mijn leerling in deze ijskoude cel opgesloten, kapitein. Ik heb een jas voor hem meegebracht, zodat hij het niet zo koud heeft.' Hij stak nog een pakketje naar me uit. 'En beschuitjes,' zei hij tegen mij. 'Van Bennet.'

'Is alles goed met hem?' vroeg ik.

'Ja,' zei Nimmeral.

'Ik wil die spullen controleren,' zei Kerrn.

'Ga uw gang,' zei Nimmeral.

Kerrn opende het pakketje met de beschuitjes en brak ze doormidden. Ze schudde de jas uit en controleerde de zakken. Toen gaf ze de jas terug aan Nimmeral en legde de beschuitjes op de tafel. Nimmeral stak de jas weer naar me uit, en ik nam hem aan. Hij draaide zich om, om weg te gaan.

'Nimmeral...' Ik deed een stap achter hem aan, maar hield mezelf tegen, omdat ik hem naar buiten wilde volgen.

Hij wendde zich weer naar me toe en legde zijn hand op mijn schouder; ik leunde met mijn hoofd tegen zijn arm en haalde diep en beverig adem.

'Goed, jongen,' zei Nimmeral, met schorre stem. Even liet hij zijn andere hand op mijn hoofd rusten. Toen liet hij me los, draaide zich weer om en verliet de kerker.

Kerrn volgde hem, met een ongelukkig gezicht.

Nadat de deur was dichtgeslagen en de sleutels weer in het slot hadden geknarst, vouwde ik de jas uit. Nimmeral had hem kennelijk gekocht in een tweedehands winkel. Hij was zwart, met een mottige zwartfluwelen kraag en hij rook een beetje muf. Ik trok hem aan en rolde de mouwen op.

Nee, had Nimmeral gezegd. Hij zou dus niet proberen me hier uit te krijgen. Ik huiverde en kroop nog wat dieper weg in de jas.

Nee, wacht. Ik was stom bezig. Ik kende Nimmeral. Hij zou me hier niet zomaar laten zitten.

Ik trok de jas weer uit en voelde langs de naden van de mouwen. Niets. Toen in de zoom. Niets. De knopen waren gewone knopen. Ook in de voering zat niets verstopt. Toen vond ik het: een kleine opening aan de rand van de mottige fluwelen kraag. Ik pookte rond met mijn vingers en haalde twee lange, dunne draadjes tevoorschijn.

Dank je, Nimmeral.

Nimmeral was een tovenaar, maar hij kon denken als een dief.

Hij had me slotenkrakersdraadjes gebracht.

EEN HANDLEIDING BIJ DE
PERSONEN EN PLEKKEN IN
WELLEKOM

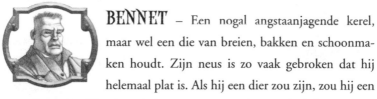

PERSONEN

BENNET – Een nogal angstaanjagende kerel, maar wel een die van breien, bakken en schoonmaken houdt. Zijn neus is zo vaak gebroken dat hij helemaal plat is. Als hij een dier zou zijn, zou hij een grote beer zijn. Zijn haar is bruin en staat recht overeind. Je zou hem niet tegen willen komen in een donker steegje, maar zijn beschuitjes wil je wel graag eten.

RAFI – Heeft warrig zwart haar dat in zijn heldere, blauwe ogen hangt. Hij is het grootste deel van zijn leven een straatjongen geweest, dus hij is een beetje wantrouwig en op zijn hoede. Tegelijkertijd is hij heel kordaat en oprecht. Hij is dun, maar wel stevig gebouwd en ook sterk. Als hij lacht, krult zijn mond (vandaar zijn krulstaart, als hij een kat is). Rafi weet niet hoe oud hij is, het moet ergens tussen de twaalf en de veertien zijn. Een goede vriend, maar pas op als je iets waardevols in je zakken hebt zitten, binnen bereik van zijn snelle vingers.

DEE – Een straatjongen, mager en in lompen gekleed. Hij heeft blond haar en waterige blauwe ogen en zijn tanden steken naar voren. Hij krijgt nooit genoeg te eten. Hij spioneert voor de handlangers van de Onderheer; later, als hij groot en sterk genoeg is, zal hij zelf een handlanger worden.

PLOF – Een jonge man van een jaar of achttien. Hij is erg dun en heeft een scherp gezicht met donkere ogen en zwart haar, en hij zit vaak onder de zwarte vegen door het werken met buskruit. Alles aan hem is scherp, inclusief zijn geest.

JAGOS – Tovenaar-koning van de woestijnstad Dessa. Hij is jong, maar heeft wit haar dat hij in kattenstaartvlechten om zijn hoofd draagt. Zijn ogen zijn blauw; hij draagt graag witte kleren, geborduurd met goud en zilver. Hij heeft katten als huisdieren. Hij heeft een treurige geschiedenis.

KERRN – De kapitein van de wacht van het Dageraadpaleis. Kerrn is lang en atletisch gebouwd; ze draagt haar blonde haar in een vlecht die op haar rug hangt en ze heeft scherpe, ijzig blauwe ogen. Ze is een uitstekend zwaardvechter. Ze praat met een sterk accent, omdat ze uit Helva komt, ver van het Hertogdom Peninsula.

NIMMERAL FLINGLAS – Is lang, heeft grijs haar, een lange grijze baard, borstelige grijze wenkbrauwen en scherpe, zwarte ogen. Hij is ongeduldig en knorrig en vaak nogal gehaast, maar hij heeft een goed hart (al zal hij dat nooit toegeven). Nimmeral is moeilijk te peilen, mysterieus en misschien gevaarlijk, maar het is goed om hem te kennen.

ROWAN HINDERLING – Een lang, slank meisje van een jaar of vijftien, met kort rood haar en grijze ogen. Ze is heel intelligent en kan erg droog uit de hoek komen. Ze is de dochter van de hertogin. Ze is ook zeer geïnteresseerd in zwaardkunst.

ARGENT – Een nobele jongeman met eergevoel, maar met weinig sympathie voor voormalige dieven en straatjongens. Hij is zeer bedreven in zwaardvechten en geeft Rowan daarin les, maar ze wordt steeds beter, misschien zelfs beter dan hij.

PLEKKEN

ACADEMICOS – Gelegen op een eiland in de rivier die tussen Schemering en Ochtendgloren stroomt. De academicos is een school voor de rijke leerlingen en mogelijke tovenaars van Wellekom.
Rafi gaat er ook naar school, nadat hij leerling is geworden van Nimmeral.

HET DAGERAADPALEIS – Het huis van de hertogin en Rowan. Het paleis zelf is een enorm, rechthoekig gebouw – architectonisch niet erg interessant, maar wel met een hoop versieringen, waardoor het er mooi uitziet.

HARTENLUST – Nimmerals familielandgoed. Het middelste deel van het huis is weggeblazen bij Nimmerals vuurwerkexperimenten, twintig jaar voordat dit verhaal begint. Alleen de twee zijkanten van het huis staan er nog en het midden ziet eruit alsof er een hap uit is genomen.

HET MAGISTERHUIS – Het hoofdkwartier van de tovenaars die de magie van Wellekom beheersen en bewaken. Het is een groot, indrukwekkend grijs gebouw op een eiland, met een muur eromheen.

HET FORT VAN JAGOS – Het geheime fort van de tovenaar-koning is gebouwd van bleekwitte steen en staat helemaal verlaten midden in de woestijn.

BENNETS KIPPENPASTEI MET BESCHUITKORST

4 eetlepels boter
125 gram bloem
4 dl kippenbouillon
3 dl melk
gare kip, in blokjes gesneden
½ theelepel nootmuskaat
een beetje citroensap
een beetje witte peper

Smelt boter in pan. Voeg bloem toe, al roerend. Van het vuur halen, kippenbouillon erbij gieten. Roeren. Melk toevoegen. Laten pruttelen op een laag vuurtje. Weer van het vuur halen en stevig doorroeren met garde tot het glad is; nog een minuut op matig vuur. Van het vuur halen, kip, nootmuskaat, citroensap en witte peper naar smaak toevoegen.

Vervolgens:
2 eetlepels boter
1 middelgrote ui, gesnipperd
300 gram wortel, in stukjes gesneden
50 gram selderij, in stukjes gesneden
150 gram erwten
3 eetlepels verse peterselie, gehakt

Smelt boter in pan. Bak de groenten tot ze gaar zijn. Doe de groenten bij het kipmengsel. Doe alles in een ovenschotel. Verwarm de oven voor op 200°C. Afdekken met beschuit-korst, bakken in de oven.

BENNETS BESCHUITKORST

1x deeg voor beschuitjes:
125 gram bloem
½ theelepel zout
4 theelepels bakpoeder
2 theelepels suiker
120 gram boter
1½ dl melk

Meng de droge ingrediënten door elkaar in een kom. Snijd de boter erdoorheen tot een kruimelige substantie ontstaat. Maak er een kuiltje in en giet daar de melk in. Kneed met je handen tot het goed gemengd is – niet te lang, want dan wordt het deeg hard. Rol het deeg uit tot het een vinger dik is. Snijd er vierkantjes uit en leg die boven op het mengsel van kip en groenten. Bestrijk bovenkant met geklopt ei zodat het mooi bruin wordt in de oven (hoeft niet). Bak op 200°C, gedurende 25 tot 30 minuten.

RAFI'S KIKKERPASTEI MET BESCHUITKORST

een hoop boter
twee handen bloem
ongeveer 3 dl melk
veel peper

Smelt boter in pan. Doe er bloem en melk bij en meng het goed door met een lepel.

Kikkers, gare.
Alle groenten die je maar kunt vinden.
Aardappelen en wortels en bonen zijn het lekkerst. En knollen.
Hak die in stukjes met een mes en bak ze in boter.
Meng de kikkers met de saus en de groenten. Doe in een schaal.
Maak beschuitkorst. Leg die erbovenop.
Bakken in een hete oven tot het klaar is.

ENIGE NOTITIES OVER ZWAARDVECHTEN
VAN ROWAN HINDERLING

(geleerd van Kerrn, kapitein van de wacht van het Dageraadpaleis)

Zwaardvechten is de kunst van het vechten met een zwaard. En hoewel zwaardvechten een kunst is, is het niet bedoeld voor duels en ook niet voor de show. Het is om te vechten. Als je niet wilt vechten, moet je ook niet aan zwaardvechten beginnen.

De vier elementen bij zwaardvechten zijn afstand, waarneming, timing en techniek.

Snelheid kan kracht verslaan.

Slimheid kan kracht verslaan.

Strategie is één ding. Tactiek is iets anders.

 EEN PAAR TERMEN

ACHTSTEN Hoge weringen.

KWARTEN Lage weringen.

LET OP JE DEKKING Het zwaard is niet alleen een aanvalswapen, maar ook een verdedigingswapen. Elke aanvalsbeweging en elke verdedigingsbeweging komt voort uit een basispositie.

RIPOSTE Een aanval onmiddellijk na een wering.

SALLE Een oefenzaal.

STOPSTOOT Een aanval tijdens de voorwaartse beweging van de tegenstander.

WASTER Een houten oefenzwaard.

WERING Een verdedigingsmanoeuvre; een blokkering; je duwt het zwaard van je tegenstander weg met je eigen zwaard. Drie opmerkingen over weringen. Eén: weer met de platte kant van het zwaard. Twee: gebruik een wering om het zwaard weg te duwen, niet om het doormidden te hakken. Drie: de beste wering is het begin van een aanval (zie riposte).

RUNENALFABET

Sommige personen in Wellekom gebruiken runentekens om te schrijven, in plaats van de letters van het alfabet. Misschien vind je wel wat in runen geschreven boodschappen in DE DIEF EN DE MAGIËR, *VERLOREN*.

a	ᚨ	t	ᛏ
b	ᛒ	u	ᚢ
c	ᚳ	v	ᚦ
d	ᛞ	w	ᚹ
e	ᛖ	x	ᛕ
f	ᚠ	y	ᛦ
g	ᚷ	z	ᛉ
h	ᚺ		
i	ᛁ		
j	ᛃ		
k	ᚲ		
l	ᛚ		
m	ᛗ		
n	ᚾ		
o	ᛟ		
p	ᛈ		
q	ᛩ		
r	ᚱ		
s	ᛊ		

HOOFDLETTERS

worden gevormd door een extra lijntje onder de letter, bijvoorbeeld:

Hoofdletter A	ᚨ̲
Hoofdletter B	ᛒ̲

LEESTEKENS:

Begin van een zin	`
Eind van een zin (punt)	⁚
Dubbele punt	⁏
Komma	⁖
Vraagteken	⁘
Koppelteken	⁙